THE TRIALS OF APOLLO

太陽神試煉

混血新兵事件簿

雷克・萊爾頓 Rick Riordan◎著
王心瑩◎譯

遠流

特別要向史蒂芬妮·楚魯·彼得斯致謝

感謝她協助這本書

獻給所有的營區學員，包括過去與現在

太陽神試煉

【目錄】

混血新兵事件簿

來自蕾娜．阿維拉．拉米瑞茲—阿瑞拉諾，

第十二軍團的執法官：

應我的要求，作者已經同意重新印製這本日記。這份紀錄是一位觀察生的經驗，我和我的執法官夥伴，法蘭克．張，都很期盼這能夠達到雙重目的：第一，對所有新學員介紹朱比特營；第二，這是一份寶貴的提醒，別忘了外界有很多力量企圖摧毀我們的生活方式。謹以克勞蒂亞的故事讓我們引以為戒，如果想要生存，必須隨時提高警覺。

我們永遠不知道下一次的攻擊會在何處及何時到來……只知道那是不可避免的。

SPQR萬歲！

——蕾拉

所有權屬於克勞蒂亞，
摩丘力的後裔，
第四分隊，
隸屬於第十二軍團。

第一天

我辦到了！

噢，我的眾神哪，這是我在第四分隊營房度過的第一晚！我分配到很棒的窗邊床位，現在就著一盞古羅馬油燈的光線寫下這些內容。超、酷、的！

來到這裡，我想要把自己感受到的每一件事、我所見識和經歷到的

一切，全部記錄下來。不過現在油燈熄滅了。所以，等待下一次機會吧……

一小時後……

明日待辦事項的第一件事：找到一間賣耳塞的商店。我隔壁床的女生鼾聲如雷，足以讓馬賽克磁磚震動脫落。原來是這樣啊，難怪我才剛到這裡就得到這個床位。

現在我躲進女生廁所裡寫東西，因為根本睡不著。以浴室來說，這一間實在令人咋舌。整間鋪設大理石，有些地方甚至鍍了金，像是隔間門的鉸鏈。其實呢，看到那些鉸鏈讓我有點想家。老爸對這類東西超有興趣。我真不懂，他為何那麼愛修復老舊的五金零件呢？不過好吧，那是他的謀生技能，所以就別批評了。

顯然，對摩丘力❶的後裔來說，賺錢是再自然不過的能力。「摩丘力的後裔」。哎喲喂呀。我和老爸竟然是一位羅馬天神的後代，那位天神無疑也是奧林帕斯十二巨頭之一，這實在很難接受啊。尤其是直到兩個月前，我對自己的家族還是所知甚少。

我對自己的媽媽也一無所知，只知道她名叫卡迪，以及她長什麼樣子，應該說「以前」的樣子。我找到一張她的照片，藏在老爸的房間裡。在照片裡，她大概二十出頭，而我們都有同樣的大波浪黑髮、黑眼睛、高顴骨，以及大大的鼻子。她倚著一道打開的門框，一隻手撫著肚子。我想，她那時候懷孕了……懷著我。

對喔。繼續往下講。

❶摩丘力（Mercury）是商業、旅行、醫藥與偷竊之神荷米斯的羅馬名字。

我完全不知道我們與摩丘力的關係，直到我的十二歲生日那天，老爸給我一個很舊的卷軸，裡面是他的家譜。往前回溯三代，那位曾祖父是掌管訊息的天神，同時也掌管生意人和店老闆、竊賊和騙子以及旅行的人。他啊，戴了一大堆帽子，那些帽子全都有翅膀。

老爸，我要徹底坦白：你給我看那個卷軸的時候，我以為你瘋了。而且你向我告知你

的過去，以及我的未來……會像你一樣，不久後的某一天，「母狼神」魯芭會召喚我，帶我去加州的索諾馬，前往一棟搖搖欲墜的老宅，她的永生不死狼群會在那裡，把我訓練成一名羅馬士兵。（關於那件事，我的評語是：史上，最糟的，露營。）假如我通過他們所有的測驗，也就是說，沒有死於狼群所造成的慘死，接著我就得往南走，跋涉穿越一片怪物出沒的荒野（史上第二糟的露營），前往朱比特營，我要在那裡向負責人遞出你寫的推薦函，希望能獲得接納，成為第十二軍團的一員。

這讓我想到以下的問題：經歷了這一切，結果沒有進入某個分隊，會有多嘔呢？答案：非常嘔。

並不是說最近的新學員需要擔心被拒絕入學的問題。根據我的分隊長萊拉所說，去年夏天，軍團的隊員人數嚴重銳減。那與一場戰爭有關，牽涉到最初的大地女神蓋婭[2]、一群巨人、希臘女神雅典娜[3]的一座巨大雕像，還有一個希臘半神半人的營區。

好消息是：朱比特營幫忙拯救了這個世界！☺

壞消息則是：朱比特營幫忙拯救世界的時候失去了很多人。☹

還有更多的壞消息：我們獲得勝利之後不久，半神半人的通訊方面發生了一些怪事。關於這點，萊拉說，可能還有更多麻煩的詛咒會接踵而來……

總之，老爸，很抱歉之前懷疑你，因為整個情況真的如你所說，看起來很糟。而如今我能在這裡，脖子上掛著正式觀察生名牌：「克勞蒂亞，第四分隊」，這都要感謝你的事先提醒。還有叫我寫這本日記。要是以後我生了小孩，他們就能讀到我在這裡的生活，一旦輪到他們來這裡，就能先有心理準備。

好啦，我該回去睡覺了。明天我會第一次好好參觀朱比特營。而我第一個衝去的地方會是哪裡呢？就是他們賣耳塞的地方。

---

❷蓋婭（Gaea），希臘與羅馬神話中的大地之母，是眾神和萬物的起源。

❸雅典娜（Athena），智慧與戰技的女神，也是農業與園藝、法律和秩序的保護神，代表了智慧、理性與純潔。

第二天

呃，什麼？

我今天學到的教訓：

一、此處的學員不太喜歡吃麥片當早餐。至少今天早上，風精靈把我的那碗麥片送來時，我從眾人的厭惡神情中得出這種印象。嗯，我想，每個人都有自己的想法吧。

二、只要你的祖先是掌管店老闆的天神，在普勒托利亞大道上討價還價買東西就會容易許多。我東張西望尋找耳塞時，發現一間販賣羅馬天神公仔的玩具店。摩丘力就在櫥窗的前排正中央，身上只穿著羅馬短外袍。這下子我很確定，那種打扮在古時候相當流行，而且公仔還滿健美的，只不過呢，看到縮小版的曾祖父像那樣站著，我還是覺得有點小尷尬。此外，他的眼神有某些方面讓我聯想到老爸……總之，我買了那個公仔。而且我覺得曾祖父很贊成我這麼做，甚至還把他的力量借給我，因為我莫名其妙就說服老闆附上摩丘力的全部配件，包括有翅膀的帽子、有翅膀的涼鞋、手杖，以及迷你錢袋……全部免費。短上衣也包含在內（感謝眾神啦）。

三、神殿山上發生了怪事。

學到最後這一個教訓時，我剛吃過美味又營養的早餐，正在參觀摩丘力的神殿。與一些次要天神和女神的超小祭壇比起來，曾祖父的

地方不算太寒酸。這是一棟長方形建築，外面環繞著大理石柱，大門上方有一幅風格華麗的壁畫，而進入神殿內，有一座等身大的天神本尊雕像。

怪事就發生在我靠近祭壇的時候。有人放了兩個信箱在那裡，對摩丘力幫所有天神傳遞訊息的角色表示敬意。有個信箱標示「送件」，裡面塞滿了紙條，但是標示著「收件」的信箱空空如也，這提醒一件傷心的事實，我們的通訊系統陣亡了。

然而，我仍把自己的一張紙條放入送件信箱。只是短短寫著：「嘿，曾祖父，奧林帕斯山有什麼消息？」我正準備要離開時，聽到一陣飄動聲。有一張紙出現在「收件」信箱裡。上面寫著羅馬數字十二，「XⅡ」，就只有這樣而已。

嗯，紙條有可能是從「送件」信箱裡掉出來。但同樣有可能是摩丘力送來的。無論如何，感覺很重要，而且我不想讓其他人發現。於是，我把紙條塞進自己的口袋，那天接下來都沒有再想起它。

好啦，沒錯。那張紙折磨我好幾個小時之久！它到底是從哪裡來的？「XII」代表什麼意思？十二位奧林帕斯天神？一年的十二個月？一打蛋有十二個？我的年紀？啊啊啊！

即使我的室友同樣鼾聲如雷，我也忘了買耳塞，但那些都無關緊要。真是謝謝「XII」，反正我今天晚上絕對睡不著了。

第三天

哎喲！

我曾經看過一件T恤，上面寫著「全身超痛，我快死了」。我需要那樣的T恤。如此一來，如果有人問起我第一次武器練習的狀況如何，我只要指指自己的胸口就行了。因為啊，「哎喲」。

對啦，各位運動迷，只不過在羅馬競技場上了一堂課，我就奮力用短劍割到自己的手，拿匕首刺中大腿。我用弓弦彈中臉頰，有一支箭還刺中自己的腳。（自我筆記：再也不要穿涼鞋參加武器訓練課。）我把一種叫做「飛鏢」的沉重怪東西，投擲到看台上面去。至於我盛

大的結尾呢，我拿著重鏢槍，手往後拉準備要投擲的時候，標槍的屁股打中教練的頭。（她立刻把這個事件拿來當教材，告訴我們為什麼需要佩戴「galea」，接著立刻衍生出第二個教材，解釋「galea」的意思是古羅馬的頭盔。）

後來，她問我（語氣很和善啦），我到底是用什麼方法挺過魯芭的訓練而存活下來。我告訴她實情：設置陷阱。我承認這很不像羅馬人的作風，像是用一些枝葉蓋住坑洞，或者從樹梢拋下一張網子罩住毫無戒心的敵人等等，但正是因為這些招數才讓我得以存活下來。

出乎意料的是，她指出營區經常為了戰爭競賽而挖掘戰壕，而且

網鬥士（也就是角鬥士的一類）愛用的武器就是一張加了重錘的網子，搭配三叉戟和匕首。她答應我，等到下一次角鬥士比賽後，要介紹我認識目前的網鬥士優勝者。如果我們合得來，他甚至有可能讓我試用他的武器。

所以呢，也許我終究不會必輸無疑。

稍微悲觀點想，我還是對於「XⅡ」的意思毫無頭緒。明天開始上課之前，我會再去一次摩丘力的神殿。也許新的訊息已經出現了。

第四天

不錯的天神小神壇喔，馬爾斯

如果摩丘力真的送來其他訊息，可能有其他人先取走了。不過呢，早上也沒有完全浪費掉。

在第一堂課之前，我需要殺點時間，那堂課是「羅馬人的偉大發明：混凝土」，事實上它比聽起來的更有趣（並沒有），授課的人是維特里烏斯，他是帶著紫色調的家庭守護神「拉雷斯」，說話的聲音令人神魂顛倒（更加沒有）。

於是我逛了其他幾個神殿。我很喜歡貝婁娜❹的凶狠戰士氛圍，

以及朱比特的金光閃閃神殿。普魯托[5]的殭屍末日主題呢？就沒那麼喜歡了。

不過，真正吸引我的是馬爾斯[6]復仇者神殿。我的意思是說，那座紅色的大理石小神壇設置了鑄鐵大門耶，誰不會想要好好探索？而且進入裡面，有一座巨大的復仇者雕像（不是喔，不是電影《復仇者聯盟》的那些人），他的神聖臉孔顯現怒容，手上的長矛舉得高高的，彷彿只要有人膽敢進來，他就準備發動攻擊。

別忘了牆上還展示著人頭，以及各式各樣的武器，有些用來把對手大卸八塊，有些會造成彈孔。就連天花板也展現敬意，那裡有著看起來很古怪的十一塊盾牌，全部長得一模一樣，排列成馬爾斯的開頭字母「M」。

這個充滿軍事意味的男人小窩……抱歉，是天神小神壇啦，建造的理念是要令人望而生畏，但室內裝飾實在太過頭了，我看著忍不住啞然失笑。不過，我趕在自己失控之前離開那裡。我沒有那麼蠢，膽敢侮辱戰神。

---

❹貝婁娜（Bellona），羅馬女戰神，等同於希臘神話中的厄妮爾（Enyo），但到了羅馬時期具有非常重要的地位。

❺普魯托（Pluto），冥界之王，等同於希臘神話中的冥王黑帝斯（Hades）。

❻馬爾斯（Mars），羅馬軍團最崇拜的戰神，也是羅馬神話中的農業守護神，等同於希臘神話中的阿瑞斯（Ares）。

但我還滿確定我侮辱了他的兒子。我離開馬爾斯的神殿時，不小心一頭撞上執法官法蘭克．張，感覺好像撞上一道磚牆，那傢伙超結實的。這麼一撞，本來應該會讓我冷靜下來，但我看了他一眼，又開始笑起來。我甚至無法解釋為何覺得這麼好笑。我能說什麼呢？你的臉讓我想起你爸的神廟有多可笑嗎？

不過感覺真是糟透了，我本來想在晚餐時間向他道歉，但執法官法蘭克不在那裡。

該停筆了……該去複習羅馬混凝土的成分表了，免得明天早上有小考。

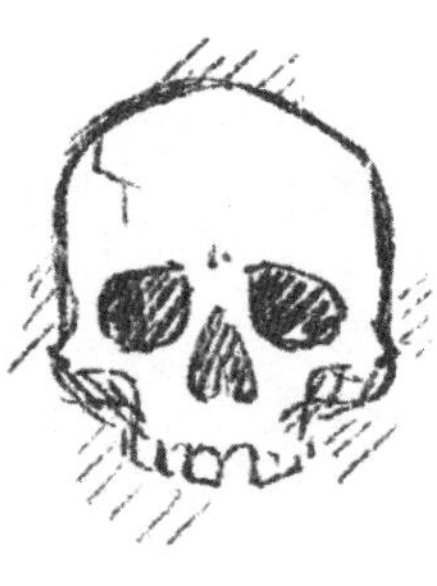

第五天

裝滿死老鼠的袋子

今天下午，分隊長轉動那個分配勞動服務的轉盤時，我一度有種岌岌可危的感覺。等到資深的軍團隊員都得到有趣的工作，像是測試扭力投石器、帶著大象漢尼拔去伐木、把黑板板擦的粉末拍掉等，我很確定輪到我的時候，轉盤會停在「疏通汙水管」之類的工作。

然而，我意外得到「清理水管」這項大獎。或者這是我想的啦。結果呢，所謂的「水管」不是把淨水送入營區的構造，只要撿撿一、兩片葉子就能清理。不是的，其實是要艱苦跋涉，有時候甚至還要爬行，穿越一大片宛如迷宮般的地下通道，裡面滿是凍人的冰水，而且要把不是凍人冰水的所有東西移除掉。這包括了死老鼠、人類或不明來源的毛髮、塑膠垃圾袋（拜託喔，大家！減量、重複使用、回收，記得嗎？），以及其他噁心的漂流雜物，有可能汙染我們的洗澡和飲用水源。

我的夥伴渾身黏膩髒汙，他是兀兒肯[7]的半神半人兒子，名叫布萊斯。是的，掌管鑄鐵爐和火焰的天神，有個兒子名叫布萊斯[8]。但是我沒有笑。畢竟，我的名字源自羅馬皇帝克勞狄烏斯[9]，而每個人都相信他是個笨蛋，因為他說話口吃，而且還瘸腿。即使他征服了英國，也是唯一征服英國的羅馬皇帝，但後來仍然成為很正派的統治者。既然我自己的名字會讓人聯想到「呆瓜」，就不打算隨便亂批評別人的名字。

我以為我和布萊斯會待在一起，聊一聊觀察生的生活，也許唱幾首活潑動感的清掃歌之類的，讓我們的興致高昂一點。可是他只抓了自己的粗麻布袋和撿垃圾的夾子，慢吞吞走開。不過，我還是表現給他看。我緊跟在他後面，進入那條地下通道……然後立刻就迷路了。哈，哈！一到了地底下的水道裡，身為旅人天神的後代顯然沒有任何幫助。

我亂晃了一個小時，把老鼠屍體胡亂塞進粗麻袋裡，暗自祈禱我

---

❼兀兒肯（Vulcan），羅馬神話中的火神與工藝之神，等同於希臘神話的赫菲斯托斯（Hephaestus）。

❽布萊斯（Blaise）這個字源自拉丁文的 Blasius，意思是口齒不清或口吃。

❾克勞狄烏斯（Claudius, 10BC-54BC），羅馬帝國第四任皇帝。卡利古拉遇刺後，他意外獲得近衛軍的擁立而登基。一出生就有身體殘疾且口齒不清，即位後一改卡利古拉的暴政，獲得人民愛戴。

的頭燈千萬不要熄滅，最後終於看到一道梯子，有日光照亮那裡。到達之後，我看出梯子向上通往一個圓形的開口，有鐵柵欄封閉起來。我心想，這要不是死胡同，就是一個出口，而我當然隨時準備出去囉。儘管雙手拿了滿滿的東西，我仍然盡力爬到梯頂，而且輕輕鬆鬆就推開柵欄了。我把裝老鼠的袋子和夾子甩到平台上，再把自己的身體撐到洞口外面……

立刻就惹上了超級大麻煩，先是有兩隻金屬狗，然後是執法官蕾娜。

那道梯子是通往朱比特營總部「普林斯匹亞」的祕密後門，但我怎麼會知道呢？如果可以表達這個想法，我當然會說，不過眼看著銀犬和金犬飛奔而來，我忙著驚嚇尖叫。幸好在我被那兩隻狗咬破喉嚨之前，執法官蕾娜叫住了牠們，我才有機會解釋自己迷路了。我把裝滿死老鼠的粗布袋拿給她看，以證明我所執行的勞動服務。接著我說明她很堅持那道柵欄以魔法牢牢鎖住，事實上沒有。她聽著我說話，眉頭緊皺，但最後還是讓我離開，我身上沒有半個金屬狗的咬痕，所以我猜她相信我的說法。

要不然就是她希望那些死老鼠趕快離開她的辦公室。我不知道，也不在乎，只要能活著就很高興了！

第六天
瘀青和烘焙食品

我在第四天交到了朋友！她名叫傑妮絲，而她是誰的女兒呢，聽好囉，傑納斯⑩，掌管選擇、門戶、開始和結束的雙面天神。（布萊斯、傑妮絲……天神父母和他們的半神半人小孩的名字是怎樣？下一個又是誰？有小孩取名叫「羅馬」的嗎？）傑妮絲的觀察生身分進入

⑩ 傑納斯（Janus），負責守護天國之門的雙面神，英文的「一月」（January）名稱即源自於此。

第二個月，但她知道一拖拉庫有關朱比特營的事，因為她在新羅馬出生長大。這也太酷了吧？

哇塞，我好想在那裡長大喔。大理石，黃金，紅瓦屋頂建築，碩大的噴泉和花園，卵石街道兩旁的商店賣著羅馬式寬外袍和戰車……好像時間倒退回到古羅馬時代。傑妮絲說，天神和女神有時候會從奧林帕斯山偷偷

溜下來，跑去那裡閒逛。有些神祇甚至把自己偽裝成人類，與退休的軍團隊員組織家庭！我不知道那是不是真的，但如果是真的……真是大開眼界，我的腦袋要爆掉了。

說實在的，新羅馬可能只有一件事情有點負面，就是遊手好閒的方恩⓫，他們多半是沒有惡意的嬉皮，喜歡懶洋洋地曬太陽、搔搔癢、翻遍垃圾找東西吃。（說是這樣說，但是我也吃垃圾食物啊，所以……）有一位年輕的方恩名叫伊隆，他小心翼翼地把一些汽水罐拉環套到繩子上串成一串，看了讓人有點難過。我並不是為他感到難過。（嗯，可能有一點吧……那個孩子孤零零坐在一個垃圾桶旁邊。）但主要是因為那些拉環讓我想起小時候的事，老爸曾經買了一條糖果

⓫方恩（Faun），羅馬神話裡的半人半羊，相當於希臘神話裡的羊男（Satyr）。

項鍊給我。

回頭說傑妮絲。我是在馬爾斯競賽場遇到她，那是一塊坑坑疤疤的草地，散落著大小石頭，每星期各個分隊之間的戰爭競賽就是在那裡舉行；我遇到她那天，上的課是「搭建堡壘一〇一」。（今天的功課：搭建一座堡壘。明天的功課：搭建一座堡壘。後天的功課：搭建一座堡壘。）我的任務是要建造一座拱門。前一堂課時，我安裝木門超厲害的，顯然是從老爸身上偷學到一點鉸鏈的知識；既然如此，我以為拱門也是輕而易舉。可是那些愚蠢的石塊不肯乖乖就定位。等到第三次掉下來，我衝口說出一些不太恰當的話。

就在這時，這位眼距很寬、綁著長辮的女孩（就是傑妮絲）對著我大喊：「喂！在裡面卡個石頭，會不會？」我以為她是警告我要注意用詞，說話不要卡個粗話。結果她指的是字面上的意思……就是我應該要在拱頂正中央的位置，塞進一顆楔形的石頭。我照辦了，而且超快的！那顆楔形的拱心石固定了其他石塊的位置。速成拱門！

下課後，我在龐畢羅的咖啡店買了一份酥皮點心給傑妮絲，謝謝她救了我，免得被砸成重傷。她花了一輩子的時間才決定要吃哪一個點心，我覺得這實在很好笑，畢竟她父親是掌管選擇的天神啊。對我來

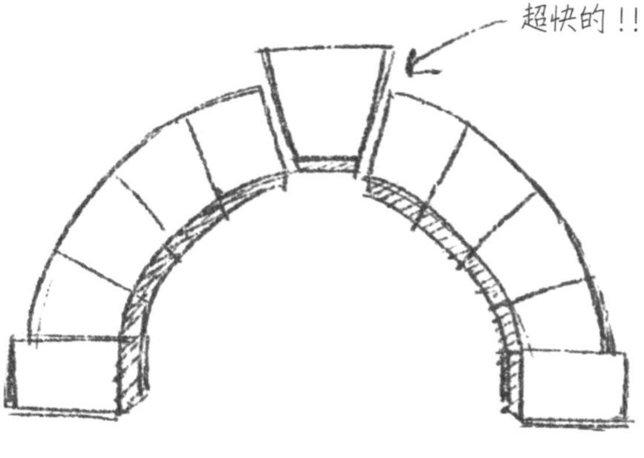

說，她花上一整天的時間都沒關係，因為龐畢羅的店裡聞起來太香了。即使是現在，光是想起那種肉桂、糖粉、香草和咖啡的香氣，就讓我口水直流！我身上的生意人／店老闆基因也蠢蠢欲動。如果能把那樣的香氣裝進瓶子裡，拿去賣錢，我知道自己可以賺進大把鈔票（哈！）。多功能的噴霧瓶……對耶，我已經可以聞到錢的氣味了！（哈哈！）

藉由糖霜酥皮點心，我和傑妮絲建立起友誼，兩人待在第四營房前方門廊的吊床上，輕鬆又愜意。我們聊起長大過程的點點滴滴，聊到兩人都是單親家庭的獨生女（對我們兩人都不是什麼問題），也聊到我們面對魯芭差點沒命的經驗（對我們兩人都是非常嚴重的問題），更聊到明天要練習的「龜甲陣型」……是烏龜還是陸龜啊？隨便啦；只要說得出來，我都努力用拉丁文的術語（只不過如果我們並肩藏身於盾牌底下，而有人呼出吃過大蒜的口氣，那就是個大問題了）。我們同樣都選修「認識天神」課程，所以今晚兩人要互相考試，回答各個次要天神和女神的名字和屬性。

而在這裡，我打算坦白說出自己一直不願細想的事：我在這裡，無論去什麼地方，即使身邊圍繞著很多人，心裡還是覺得很孤單。不過多虧有傑妮絲，現在不會有那種情況了。☺

第七天
我夢中的女孩

不能說沒人警告過我啦。

我在第四分隊的第一天早上，萊拉曾經把我叫去她的床邊，來上一段「這裡是怎麼回事」的談話。她解釋羅馬軍團的不同軍階（觀察生、軍團隊員、分隊長和執法官），也對我說，假如我做了某種超級英勇、慷慨無私的事蹟，就可以直接跳級成為軍團隊員。她說，不是要給我壓力啦，不過如果我辦到了，就會提升第四分隊的聲望。

接著她複習朱比特營的基本規矩，像是不能找巨鷹外出兜風、不能密謀推翻你的執法官，也不能把元老的寬外袍裁短，無論那樣的惡作劇有多好笑都不行。違規就會得到各式各樣的懲罰，包括額外的勞動服務、驅逐出營，甚至與暴怒的黃鼠狼一起裝進布袋再縫起來。（聽到最後一項，我忍不住「哎喲」叫出聲。）

最後她警告我，觀察生到達營區後，經常會作一些瘋狂又離奇的夢境。突然掉進這個古羅馬最後僅存的軍事據點，周圍環繞著天神造成的各種影響，甚至可能有天神偶爾造訪（如果傑妮絲說他們會造訪新羅馬是真的），凡此種種引發了這些影像，他們這樣覺得。有時夢境是無害的，但其他時候是可怕的惡夢，對於即將發生的危險事件提出警告。萊拉說，所以如果我尖叫著醒來，就應該去找她。顯然因為光是聽到尖叫聲，還不足以提醒她有某種事情不太妙。

來這裡的最初幾個晚上很佛心，我沒有作惡夢。但今天晚上……

嗯，我醒來沒有尖叫，但我的夢境確實有些時候令人不安。以下是我記得的部分：

一位約莫和我同齡的鬈髮女孩來到後閘門，也就是營區的西邊入口。她每走一步，破爛的運動鞋就發出啪嗒一聲。她骨瘦如柴，身高不到一百二十公分，破舊的衣裙很像骯髒的布袋掛在身上。看起來好像一陣強風就能把她吹倒，然而她有某些部分（她咬緊牙關，睫毛很長的黑眼睛周圍很緊繃，一大群蒼蠅繞著她的頭嗡嗡飛著），全都讓夢中的我感到很不安。

她到達閘門的時候，特米納士，也就是守護我們邊界的天神突然冒了出來。（我覺得特米納士好迷人喔。我是說，那傢伙只是一座大理石胸像，沒有手臂，沒有雙腿；不過我敢發誓，他的屁股插了一根棍子⑫。）特米納士要求看她的身分證件。不過當她把推薦信塞給他看的時候，他向後退，猛力搖頭並拒絕讓她進入。

接著有一名第四分隊的分隊長抵達現場。他穿戴平常的羅馬人裝束，有頭盔、鐵鍊盔甲、皮革的護臂套和護腿套、匕首、戰鬥釘鞋、長劍，還有……天哪，我光是把這些全都寫下來就快累死了，更別說要全部穿戴起來！我以為那個人是現代的站崗衛兵，後來看到他穿著牛仔破褲，腰際繫著一件法蘭絨襯衫，那種流行樣式呈現出一九九〇年代的垃圾搖滾風格。不過直到他脫下頭盔，我才知道自己窺見的是過去的一幕情景。

因為那位分隊長是我爸爸。

不是我認識與所愛的那個人，也不是呈現矮胖的老爸模樣、深褐色頭髮、身穿單調無趣的服裝，而是回到以前瘦削的青少年模樣，身為第十二軍團的高階軍官。然而，不變的是他額頭上略顯尷尬的亂翹金髮。

他走向前，駁回特米納士的裁決。天神舉起兩條不存在的手臂，一副鄙夷的模樣，這時老爸露出歡迎的微笑，召喚那個女孩。那個微笑隨即變成驚慌，混雜著些微的反感（每當發現我的床底下有披薩盒放了一星期正在發臭，他也會出現同樣的表情），因為就在這時，女孩把她的紙張塞進他手裡，再把他推開，逕自進入營區。老爸瞪大雙眼，瞥了特米納士一眼，只見特米納士朝他射出「早就說了吧」的傲慢眼神，然後漸漸消失。

那幕情景消散掉了。一連串新的景象在我心中快速閃過：排好隊

⓬原文為 He has a stick up his butt，意思是既固執又沒幽默感。

伍的軍團踉蹌後退，讓路給那個女孩通過。風精靈遠從餐廳的另一端把食物扔給她。她的室友摀著嘴輕聲談論她。她走近大象漢尼拔時，牠發出驚恐的吼聲。

夢境再度變化。這時老爸在總部裡面，在他的執法官面前立正站好。執法官向他詢問那個新來的女孩。他搖搖頭，說他試過了，他真的試過，可是分隊裡面根本沒人受得了待在她身邊。她的出現會干擾第四分隊的團隊工作能力。需要採取某種對策。執法官面色凝重但點點頭。

夢境突然轉回營房。此時過了午夜，但女孩下了床。她的一邊肩膀掛著破爛的背包，我直覺認為她正要逃走。但溜出營房之前，她推倒一個垃

圾桶，把裡面裝的腐壞東西踢得滿地都是。

然後她沉下臉。不是對著她的室友們……而是對著我。至少感覺似乎是這樣。

就在這時，我醒來了。等到心跳不再跳得那麼快，我抓起這本日記本，來到我最愛的廁所這裡，仔細回想夢境的意義。看到那個年紀的老爸，感覺超怪的，而我對那個女孩的怒容也沒有好感，但整體說來，夢境似乎沒有預見到任何危險的事，我的意思是說，夢裡的每一件事都發生在好幾年前，所以沒有理由去驚動萊拉吧。

尤其是如果……嗯，萬一那場夢是換一種不同的形式提出警告，警告不是每一位半神半人或天神後代都能在朱比特營找到安身之處？我很怕如果我去找萊拉，她可能認為我作這種夢是因為我不是真的屬於這裡。

那好吧。我打算把這場夢境埋藏在自己心底。畢竟呢，最好沒人知道我爸額頭的頭髮會亂翹……

第八天

巨鷹驚悚事件

今天超級好玩，除了瀕臨死亡的經驗以外。

那件事發生在「很多大象、獨角獸和巨鷹入門」課程的中途，我之所以報名這堂課，是因為，嗯，有很多大象、獨角獸，還有巨鷹。（附帶一提，徹底廣告不實，因為這裡只有一頭大象。除非他們把多出來的另一頭大象藏在某個地方。很有可能，但是不太像啊，我覺得啦。）同學們在馬廄集合，地點距離第五分隊的營房非常近，感覺很糟。那些人怎麼受得了我背後的氣味啊？（自我筆記：第五分隊會是我的「龐畢羅咖啡店香氣噴霧瓶」的最佳市場！）

姑且不論那種令人流淚的惡臭，這堂課很酷喔。我學習用適當的方法製作醫療用的獨角獸角薄片（拿乳酪刨片器輕輕削獨角獸的角）。我拿沾滿肥皂泡沫的長刷式掃帚，刷洗漢尼拔的耳朵後方（如果大象能夠發出滿足的低沉嗚嗚聲，牠的馬達可能會運轉太久吧）。我拿死老鼠（可能是我這個星期稍早去收集來的）餵給飢腸轆轆的巨鷹吃。

而且我踩到的大便數量之多，簡直像災難。「很多大象、獨角獸和巨鷹」這堂課應該加上「勿穿涼鞋」的警語。踩到第三次後，我向授課老師提出兩個問題：清理這麼多大便是誰的工作？這些大便又會去那裡？

答案：這裡有一把鏟子，還有一個可以當堆肥的垃圾袋。用鏟子

把大便裝滿垃圾袋。把垃圾袋綁緊。然後閃開，要快。

嗯，我的「要快」還是不夠快。也因此我突然飛進空中，因為就在這時，有一隻名叫「阿奇拉」（Aquila，拉丁文的「鷹」之意；真想知道究竟是哪位聰明的軍團隊員幫牠取這個名字啊？）的雌鷹俯衝而下，用牠的利爪抓住我手上的大便袋。

內幕大公開：我緊緊抓住那個惡臭的袋子，彷彿我想要活命就只能靠它了。事實上，我還滿確定真的是這樣，因為哎喲我的眾神哪我們飛得好高喔。朱比特營消失於遠方。或者應該說，消失於我猜想朱比特營的所在之處，這是因為有「迷霧」的關係，那種魔法力量保護著我們的世界，不讓凡人發現，它把朱比特營偽裝成開闊的山丘和森林。我還在學習看透迷霧，但這時瞇起眼睛，我只能分辨出小台伯河宛如絲帶般流經草地，以及神殿山腳下的湖泊。

我們繼續飛高，阿奇拉、垃圾袋和我，直到一大片綿延起伏的腐臭垃圾（就是本地的垃圾掩埋場）映入眼簾。巨鷹向下俯衝，準備拋下牠的貨物。這番俯衝就像是最恐怖的雲霄飛車，全速前進直往下衝，沒有扭轉或轉彎，而且垃圾的臭味比馬廄更惡劣。（喔喔！又一個龐畢羅咖啡店香氣的銷售通路！）我手忙腳亂地爬到阿奇拉的背上，讓鼻子遠離臭氣。

而且差一點點就太遲了。有個戴著硬帽子、身穿亮黃色安全背心的工作人員，從她的拖車裡面冒出來。我連忙讓自己緊貼著巨鷹頸部的羽毛，以免「迷霧」沒有發揮作用。不過我們離開時，我還是冒著風險偷看了一眼。

那名工作人員已經脫掉太陽眼鏡。我看不到硬帽子底下她的雙眼，但看得出來她正望著我們。而且她面露微笑。不是要表達「感謝

超大袋的大便，早日再來喔」的那種美好微笑，而是充滿惡意、心領神會的微笑，讓我忍不住發抖。我好想盡快離開她，以及那座垃圾掩埋場。

不是因為急著想回到營區，而是覺得自己惹上麻煩了。不過看到我完好無缺，我的授課老師大大鬆了口氣，沒

有大吼大叫。嗯，反正沒有吼得太大聲，也沒有吼太久。

不過，重點來了：我會再試一次。不是大便袋飛行，也不是垃圾掩埋場那部分，而是回來的路程。因為跟著快遞巨鷹一同翱翔天際，實在是太、棒、了。也許我瘋了吧，但我覺得阿奇拉很喜歡載著我一起飛。反正呢，我從牠背上滑下來時，我是這樣解讀牠用嘴喙輕輕推我的舉動。是沒錯，如果我搭乘牠，來一段未經許可的飛行，一定會遭受懲罰，要做更多的雜務，但是坦白說呢？超值得的啊！

第九天
不太酷喔

有人一直亂動我的東西啦！特別是我的摩丘力公仔。我和傑妮絲離開營房要去神殿山之前，我把公仔擺成曾祖父的神廟雕像那樣，以悠閒的姿態倚著一根柱子，腳踝交叉，一隻手拿著裝錢幣的袋子，他的手杖則放在另一隻手的彎曲手肘裡。

但現在，他的雙腿都彎彎的，彷彿準備要跳起來展開行動。一隻手臂舉到頭頂上，高舉著手杖，好像拿著一支長矛。擺成那種姿勢，他看起來再也不像摩丘力了。他像是一名戰士。幾乎像是馬爾斯，只不過少了凶惡的咆哮。而且他的錢袋不見了。

我很確定有人只是要對我惡作劇，不過還是覺得……我再問問傑妮絲，應不應該向我們的分隊長提出報告。

後來呢……

我接受傑妮絲的建議，沒有去打擾萊拉。我很高興自己沒去打擾她，因為剛才發現錢袋塞在我的枕頭底下。裡面有一張羊皮紙，寫了兩個字，「Invenient MV」，周圍畫著橢圓形，底部彎彎曲曲的。完全看不出那個橢圓形代表什麼意思，但我打了個寒顫。因為筆跡與我的

「ＸⅡ」紙條一模一樣。

我知道「Invenient」是拉丁文「尋找」的意思，用在尋找的對象是男性的時候。那就表示「ＭＶ」是指某個男孩或男人囉。不過他是誰呢？我在這裡認識的所有人，名字的縮寫都不是這樣。我為什麼應該尋找他呢？如果找到他，到時候又該做什麼？而且如果真的有關聯，這個訊息與「ＸⅡ」又有什麼關係？還有摩丘力公仔擺成馬爾斯的模樣呢？哎喲喂呀！！！

嗯，我猜能回答這些問題的人，就只有這位神祕的「ＭＶ」。所以等到明天，我會開始尋找他。應該不會花很久的時間吧。畢竟，軍團裡只有兩百個人，而且並不是所有

的人都是男性。

當然啦，如果「ＭＶ」不是第十二軍團的人……那麼我可能要花好一段時間才能「invenient」他了。

第十天

「笨手笨腳」克勞蒂亞

「嗯哼，今天一定超棒的啦。」她酸溜溜地這樣寫。

我花了一整個早上詢問有沒有人知道「ＭＶ」是誰。運氣不好，而且開始接收到異樣的眼光，於是我決定暫時擱置這項調查工作。接著今天下午，我困在挖掘溝渠的工作裡，那裡有個人喋喋不休，說話一直用問句：「我的名字是，琳達，是吧？我是在第二分隊嗎？我最喜歡的店是『涼鞋履屋』吧？」她唯一一次閉上嘴巴，是我不小心故意把一鏟泥土拋到她臉上。

然後到了晚上，我第一次玩「絕命球」比賽。（絕命球™耶！很像漆彈，只是用迷你型的弩弓發射毒液、酸液和火球！不分年齡，所有人打了都很痛！）本來應該覺得很興奮的，特別是我和傑妮絲擬定了完整的「打王策略」，我們稱之為「傑納斯策略」。基本上，我們一邊發射自己的武器，同時兩人背靠著背、蹲低身子，躲在我們的「scutum」後面（我一直說成「sputum」，後來傑妮絲解釋說，一個字是指大型的弧形盾牌，另一個字則是我們生病時咳出來的黏稠濃痰；我可能再也不會搞錯這兩個名詞了）。我們看起來很像兩個頭加四隻腳的垃圾桶，在戰場上迂迴前進。不過我們擋住了所有的攻擊！

或者該說擋了一會兒，直到我踩到一顆滾動的絕命球而滑倒，跌進我之前與「問號」琳達一起挖的壕溝裡。傑妮絲毫髮無傷逃過一劫，但我還滿像是開放給大家攻擊的狀態。我的瘀青會痊癒，但我的

盾牌凹陷得很慘，比汽車的車頂蓋遭到冰雹襲擊還慘。我得把盾牌帶去鐵工廠，將一個個凹洞都鈑平。

錦上添花的事情是什麼呢？我扭到腳踝。所以，如果神飲或神食都沒辦法治好扭傷，這下子大家就有正當的理由可以叫我「笨手笨腳」克勞蒂亞了。

第十一天

餐廳一團混亂

今天早上，餐廳的場面很難看，不只是因為有數不清的軍團隊員起床後蓬頭垢面，踏著蹣跚的步伐走進來。真正的大麻煩是因為食物供應系統停擺了。沒有鬆餅、培根和水果，風精靈端來的東西只有熱騰騰的麥片。對我來說是沒問題啦，但對其他人來說……超噁的。

餓得發火的軍團隊員群起湧入廚房，這時一隻巨大黑色渡鴉（又稱「執法官法蘭克」）飛進來，宣布甜甜圈正從龐畢羅的咖啡店送來。

就算我再怎麼喜歡吃麥片，也不會放過免費的甜甜圈。於是我轉頭向外走，準備把剩下的半碗麥片刮進廚餘桶。

就在這時，我看到伊隆踮著他搖晃歪斜的足蹄，從一扇窗戶向內偷窺。按照規定，方恩不准進入餐廳，但他們偶爾會偷溜進去，用高雅的餐具匆匆塞進一大口食物。不過呢，伊隆比其他方恩年輕很多，他頭上的角幾乎看不出來，腿上的毛也還像嬰兒一般纖細，所以我猜他很怕違反規定。如果我把寶貴的甜甜圈拿給他吃，我知道軍團隊員會抗議得更大聲，於是我走過去，把手上的麥片遞給他。

大錯特錯。首先，這位老兄渾身發臭，很像剛剛在溼答泥濘的垃圾臭水裡打滾過。接著，他看著我的麥片，彷彿那是「purgamentorum derelinquere caeno」（這是拉丁文，意思是「下水道的爛泥」。下一次戰爭競賽時，我打算拿這種東西猛力扔向敵人。上面要說的，不是指真正的爛泥。雖然……嗯。）而且他好像很擔心自己的嫌惡表情沒能

好好傳達訊息，也用言詞對我打臉：「伊隆不需要你的剩菜。伊隆挑選最棒的垃圾。」

我很抱歉，不過只要有人喜歡用第三人稱講自己的事，而且吹噓說要選擇最棒的垃圾，這種人就不配得到我的麥片，真是謝謝你喔。於是我清空自己的碗，回到餐廳裡，結果發現這下慘了，剩下的最後一個甜甜圈灑了椰子粉。可真是「下水道的爛泥」啊。

我早上的經歷還不是最慘的，更慘的是風精靈的遭遇。通常呢，他們是看不見的。但今天，他們實在太躁動了，忽隱忽現的模樣宛如故障的電燈泡。我這才明白，食物供應系統亂成一團和他們無關。這引發了下列這些茲事體大的問題：什麼事情出錯了？如果到了午餐時間，餐廳依然一團混亂，我們要吃什麼？還有最後一個問題：你為什麼要用椰子粉毀掉一個超完美的甜甜圈啊？

第十二天

五個字：空氣清淨機

每一位年輕的女觀察生都會有個頓悟的時刻，體認到穿上盔甲之前應該先去尿尿。對我來說，那個時刻降臨在我第一次輪班站哨，剛剛到達瞭望台頂上的時候。我努力把注意力放在夥伴身上，他是尤利烏斯，正在講解如何把架設好的十字弓發射出去；尤利烏斯是一名資深的軍團隊員，他有三條線的刺青，位於他爸爸馬爾斯的符號上方。不過我肚子裡的水實在是太多了，非得打斷他不可，以請求准許使用洗手間。

他非常能理解（才沒有）。我相信他真正想說的話是：「不要再一直換腳跳，趕快去就是了！」我相當確定，我創下了整個營區裡身穿沉重盔甲衝下樓梯的最快紀錄。

距離最近的設施是不分性別的單人廁所，看起來很像流動廁所，只不過鋪了大理石地磚。我快嚇死了，門把旁邊的顯示牌

指出「使用中」。裡面有個女性的聲音確認了這項事實。「使命達成！」她開心叫說。

沒錯，在廁所裡講這種話很奇怪，但是我沒有多想，因為這表示她使用完畢，況且我已經到達情急的極限。不過她還是沒有出來啊！於是急匆匆等了一秒鐘之後，我敲了敲門，詢問她是不是能拜託一下趕快出來。

我聽見某種慢慢移動的聲音，然後是沖水聲，顯示牌轉動成「無人」，使用的人出來了。不是女生。也不是男生，而是伊隆。我很確定自己看起來一定很驚訝，因為呢，嗯，我本來猜想方恩是利用廣大的野外作為他們的廁所。不過根據他身後飄來的臭味……嗯，並不是那樣。

我本來也猜想，所有的方恩都像唐恩一樣，那位方恩曾經試著用迪納里⑬來引誘我，這樣他才可以買甜甜圈。但伊隆只說了五個字：「全都給你用。」他的聲音既高亢又尖銳，跟我以前聽過的所有聲音都完全不一像。於是我有了第三次的猜想：他不是獨自一個人待在廁所裡。

但我第三次猜錯，因為沒有另一個人走出來，而且我走進裡面，發現廁所空無一人。好吧，除了蒼蠅以外，而我辦正事的時候，牠們什麼話也沒說，只是一直嗡嗡嗡地作響。

我對我的站哨夥伴說起那個神祕的女生聲音，他聽了只露出詭異一笑。他說伊隆可能和某位水精靈在那裡碰面，而我敲門時，她把自己沖下去。我嚷嚷著猜想她最後到底跑去哪裡，但隨即住口，因為想起那個氣味……超噁的。

重點是，我不確定夥伴說的是不是真的，因為那個聲音聽起來不像少女，也不像調情，它聽起來既刺耳又狂喜。而且伊隆看起來很放鬆，雖然不像我用過廁所的那種輕鬆感。所以現在我不禁納悶……那到底是怎麼一回事啊？

⓭迪納里（denarii），古羅馬銀幣。

第十三天

砰砰砰敲個不停！

大突破！我找出「ＭＶ」是誰了。或者該說以前是誰。或者該說現在是「它」？總之呢，要講一個鬼，到底怎麼講比較恰當啊？

我的資訊來源不是別人，正是布萊斯，我的老鼠裝袋兼溝渠清掃夥伴。我帶著長型盾牌去鐵工廠準備修理凹痕時，他正在那裡執勤。走進那個工作場所，就像爬進一隻氣喘吁吁的巨龍體內，整個地方既炎熱又潮溼，附帶奇怪的咻咻聲響。唯一的光源是火爐的橘色亮光，直到布萊斯撥動一個開關，一堆日光燈從頭頂照下刺眼的光線。如果要我說真心話，那實在很像火山氣體發出的嘶嘶聲。

我認為布萊斯並不知道我是誰，我是說，我們沒有在同一分隊，上星期的勞動服務其實也只有三十秒的時間待在一起吧，所以他叫出我的名字打招呼時，我嚇呆了。當然啦，他可能只是照著我的觀察生名牌把名字唸出來，不過還是……真的很用心啦。他把我的盾牌放在工作檯上，用手指仔細觸摸，眉頭緊皺。我向他詢問能不能修復，他做了個鬼臉。「呃，廢話。不然我在這裡幹嘛。」接著他拿起一把小鎚子，開始將凹陷的地方砰砰敲平。

我不確定自己是不是該在旁邊等他完成，不過我待下來了，因為有布萊斯的陪伴讓我提振了精神。哈！沒有啦。我待下來，是因為看到一張網鬥士用的網子上有幾個重錘需要更換。既然網子已經壞了，如果拿起來把玩一下，我實在看不出有什麼壞處。

問題在於這個地方很擁擠，拿著配重很差的網子轉圈圈，結果就是撞翻一堆東西還糾纏成一團。而且造成非常輕微的受傷。哎喲。

我撞翻的其中一件東西，是一本皮面裝幀的古書，裡面滿是描繪武器、盾牌和盔甲的漂亮素描。看到我翻閱那本書，布萊斯大吼大叫。原來這是獨一無二的一冊書，收錄一位古代工藝大師的畢生傑作，他是兀兒肯的半神半人兒子，馬穆里耶斯．維托里亞斯。

縮寫就是「ＭＶ」。

我不確定這位工匠是不是我要找的「ＭＶ」，直到布萊斯提起那個馬穆里耶斯是個鬼魂，經常在鐵工廠裡晃來晃去。在那當下，我領悟到我那張紙條上畫在縮寫字母周圍歪歪扭扭的橢圓形，看起來真的很像鬼魂的輪廓。所以，如果我猜得對……真的很希望我猜對，因為這是唯一的線索，那麼我終於找出「ＭＶ」的身分了。

我還不確定的是他真實的鬼魂形體。布萊斯已經一個多星期沒看到馬穆里耶斯出現在鐵工廠了。他說這很奇怪，因為那個鬼永遠都在這附近遊蕩。

所以，「ＭＶ」不只是死掉的傢伙，也是個死胡同，除非我能繼續追查到他的下落。可是究竟要怎麼追查呢？那傢伙可以隨心所欲地出現又消失。他有可能在任何地方啊！

我心想，布萊斯也許能把他的事情告訴我。畢竟，他和馬穆里耶斯都是兀兒肯的兒子，是同父異母的兄弟。（唉，光是想到這點，我就頭痛。）不過，眼看我在鐵工廠裡旋轉網子所闖的禍，我不確定自己是不是他目前最喜歡的觀察生。說實在的，等到我離開，我覺得他會在我的盾牌上多加一點凹痕。

所以從現在開始，我會自己做鐵匠。（哈！）

第十四天

喔，老鼠！

今天晚上聽到刺耳的尖叫聲時，我以為第四分隊有人正在作惡夢，夢見危險的情境迫在眉睫。接著我才發現，尖叫聲不是來自營房，而是來自澡堂裡面。

為了安全起見，所有人都不能在十一點以後去澡堂，因為沒有衛兵站哨。傑妮絲說，澡堂之所以鎖門，真正的原因是要阻擾陷入熱戀的軍團隊員，不讓他們去那裡胡搞瞎搞。不過阻撓的手段是可以被阻撓的，只要你知道進入大浴池的祕密入口。其實每個人都知道，只不過沒有很多人利用，因為你得在水底下游泳，穿越一條狹窄的混凝土管道，接著擠過一個小小的鐵網門，才能夠進入浴池。萬一卡在那裡面，你最好希望自己是海神的後代，能在水底下呼吸。

第一分隊顯然有一對男女認為值得冒那樣的風險，因為他們今天

晚上經由「沒那麼祕密的入口」溜進那裡。不過我想，他們浮出水面的那一刻，內心的濃情蜜意立刻煙消雲散。

因為有死老鼠。

好幾百隻死老鼠。漂浮在浴池裡。塞住溫泉水的供水口。堵住排水口。甚至懸掛在放置用過毛巾的籃子上。我無法想像比這更全面、

更徹底、更能引發尖叫的噁心事。

而且也無法再更神祕，因為沒有人能夠解釋，這麼多的老鼠如何以這麼快的速度進入那裡。澡堂打烊時，過濾系統也關閉，所以牠們不是跟著水一起抽打進來。而且衛兵發誓他在十一點鎖門的時候，這個地方很乾淨。那對男女是在十一點十五分左右偷溜進去。有人能在短短十五分鐘之內破門而入，還把那些老鼠扔得到處都是嗎？似乎不太可能。

我們所有人正搔破腦袋想不透時，突然發現那名衛兵是第三分隊的隊員，他很迷戀那個女生。那對情侶指控他亂丟老鼠，阻撓他們約會。衛兵加以否認。第一分隊聲援年輕情侶，開始責怪那名衛兵。第三分隊也跳入戰局，反擊那對情侶的指控，接著指控整個第一分隊。第一分隊以毒舌回敬他們。（是指言語毒辣，不是舌頭真的有毒。至少……我想是沒有啦。）

情勢升高到漸漸失控，這時法蘭克和蕾娜站了出來。他們聆聽雙方的說法，審慎考慮了幾分鐘，接著命令第一和第三分隊一起清理那團混亂。

想到第一分隊的隊員撿起那些死老鼠，我就樂不可支，因為他們有那麼多人都是……嗯，要用什麼方法描述那個分隊的隊員最恰當呢？啊想到了。討厭的怪咖，以為自己最了不起。

不過，我對那名衛兵感到難過。他唯一的過失是喜歡上一個不喜歡他的人。希望那種事永遠不會發生在我身上。

第十五天
很棒的老派書本知識

這是個陽光普照的美好早晨，直到開始「天降大便」為止。沒有降在我身上啦，感謝眾神，因為超噁的。

不過呢，我早有預感。

他們去馬廄進行「鏟起來裝袋」的工作。但那些可以當堆肥的袋子一定本來就有缺陷，每一次巨鷹拎著重物飛上天，塑膠袋裂開……嗯，對於正下方中獎的人來說，那可不是什麼美好時光，這是肯定的。或者對於後來靠近他們的人來說也是。就連龐畢羅咖啡店的香氣噴霧，也無法蓋過那種惡臭。

往正面思考，執法官取消了今天下午的行軍練習，因為他們要調查袋子有缺陷的事件。於是我的課程表有了空檔，我就可以去尋找「MV」了！

後來呢……

運氣不好，還沒找到「MV」。不過今天下午的閒暇時間，幸虧我去參觀新羅馬大學的圖書館，多知道了馬穆里耶斯．維托里亞斯一拖拉庫的事。

圖書館建築的浮誇程度，與一些神殿不相上下。陽光透過「眼睛」灑進大閱覽室，那是圓形的天窗，位於鍍金圓頂天花板的正中央。牆上裝飾著色彩繽紛的馬賽克磁磚，拼貼出各種神祇、著名的羅馬人和神話生物的圖案。燭光照亮一條走廊，那裡鋪設著石板，上面雕刻著許多過世英雄的名字。有些石板看起來磨損且古老，但其他都是嶄新的石板。我想，那些是去年夏天戰死的英雄吧。

在此希望有很長、很長一段時間不再增加新的石板。

圖書館的書架塞滿了各種卷軸和書籍。我可能不知道還要在傳記類書區尋找多久，只不過我需要的那本書，《誰在何時製造何物，以及為誰和為何製造：古羅馬工匠》，居然直直掉進我手裡。我發誓我看到一位黑髮女子，她從原本放這本薄薄小書的空隙偷窺我一眼。不過才一眨眼的工夫，我再看去，她就不見了。

我拿著書走到舒適的窗邊座位，翻閱書頁，尋找馬穆里耶斯．維托里亞斯的條目。寫得非常簡短，差一點就錯過了。以下是我找到的內容：

馬穆里耶斯．維托里亞斯是努瑪國王⑭的傑出工匠；創建羅馬的羅慕樂國王過世後，努瑪國王接任王位。努瑪是好人一枚，著名的事蹟包括建造神殿（包括尊奉傑納斯的神殿，就是傑妮絲她爸）、制定律法書，並讓王國的和平時期維持了四十三年。（沒有太寒酸喔！）眾神顯然很讚賞努瑪，因為在他統治時期的某個時候，眾神送給他一塊大提琴形狀的華麗盾牌，稱為「安喀勒盾」，並附上這樣的承諾：只要這個安喀勒盾安然無恙，羅馬就會長治久安。

言下之意，我猜啦，要是安喀勒盾有了什麼閃失的話，羅馬就會自爆。

馬穆里耶斯．維托里亞斯就是在這裡登場。努瑪國王指示他的工匠，打造出十一個安喀勒盾的複製品。這樣一來，如果有人為了摧毀羅馬而嘗試偷走安喀勒盾，那人就會搞不清楚哪一個盾牌才是真的。

複製品打造得太棒了，只有馬穆里耶斯本人才知道哪一個是原始的盾牌。不過為了安全加三級，努瑪國王把十二個盾牌存放在一座神廟裡，只有瘋子膽敢褻瀆那個地方，就是馬爾斯復仇者的神殿。

我去過馬爾斯的神殿，或者該說是現代的復刻版，隨便啦。我在那裡看到一大堆獨一無二的武器……還有一個M字形，用十一個相同的大提琴形狀盾牌排列而成。

十一個。不是十二個。不是……「XII」。

我心想，那十一個盾牌是馬穆里耶斯打造的複製品，原件則藏放在營區的某個地方。因為它非在這裡不可。否則朱比特營，即羅馬長

⑭ 努瑪國王（King Numa），羅馬最初的王政時期的第二任國王，愛好哲學思想。第一任國王羅慕樂（Romulus）注重戰功，努瑪國王則著重於內政，確立了法律和禮儀，奠定羅馬的文化基礎。

治久安的現存真實證據，也就不復存在。對吧？

我尋找其他書籍，希望找到關於馬穆里耶斯、努瑪和安喀勒盾的資訊。我的意思是，知道得愈多愈好，對吧？不過我一無所獲，不禁覺得相關傳說還真是高深莫測……嗯，至少與舉世聞名的奧林帕斯天神和人氣英雄的神話故事相較之下是如此。然而，這並沒有讓那個傳說比較不真實，只是大部分屬於未知狀態。

所以問題在於，如果原始的安喀勒盾還存在，為什麼沒有和其他盾牌一起放在馬爾斯的神殿裡呢？也說不定有喔。或許只是沒有排列在M字形裡面，而是懸掛在另一面牆上，或者鎖進某個祕密隔間之類。只有一個方法能找出答案——再去一次我最愛的天神小神壇！

但是要等到明天了。因為我今天晚上要第一次去參加角鬥士的展演會！傑妮絲想辦法幫我們弄到羅馬競技場前面幾排的「淋血區」。

她也幫我弄到一個靠墊，因為那些座位顯然很硬，就像是，呃，它們所用的混凝土材料。

表演的主角是海魚鬥士優勝者，是一位皮膚黝黑的健美男子，名叫里卡多。假如營區裡到處張貼的海報是正確的，他戰鬥時圍著一塊尺寸超小的腰布……就沒別的了。我不禁暗自禱告，希望「海魚鬥士」的拉丁文 murmillo 的意思是「他的腰布底下穿了內褲」。因為萬一他跌倒……

第十六天
比賽變得好瘋狂

我不是專家，但我覺得角鬥士的比賽應該不是那樣進行的吧。

昨天晚上的比賽剛開始一切正常。羅馬競技場裝飾著紫金色的橫幅旗幟，塞滿了高聲歡呼的粉絲。幾位角鬥士環繞競技場，對群眾揮手，最後停在執法官的包廂前，對蕾娜和法蘭克行禮致敬。兩位執法官看起來累壞了（要處理麥片的大失敗和有瑕疵的大便袋，顯然連我們之中最強大的人都累壞了），但他們面帶微笑，揮手回應以示謝意。

接著戰鬥就開始了。長劍匡噹砍中盾牌。匕首刺入裸露肌膚。圈套鬥士用他們的套索拴住手臂，網鬥士用加了重錘的網子套住頭部，而海魚鬥士優勝者里卡多顯示出，有的，他穿了內褲。

這真是超棒的表演，跟世界摔角娛樂公司⑮舉辦的最精彩比賽不相上下。我很清楚自己在說什麼，因為老爸一天到晚都在看世界摔角娛樂的比賽。想到他坐在自己的椅子上，手裡拿著遙控器的模樣，害我有一點點想家了。

謝天謝地，這時剛好有大量的鮮血潑灑在我臉上，否則我可能會哭哭啼啼。那時「淋血區」沒有溼紙巾，於是我藉故告退，到下面的廁所清洗一番。

就是因為這樣，洪水差點把我沖走。

羅馬人向來不是以海軍見長。一艘漏水的划艇，以及兩艘看起來很衰敗的三列槳戰船，就是朱比特營裡號稱「船隻」的全部了。水精靈不喜歡我們在湖上行舟，替代方案就是把羅馬競技場灌滿水，在三公尺深的水裡練習航行技巧（又稱為盲目漂流，特別是嘗試用溼答答的火柴點燃大砲的時候）。

然而，海軍示範並未列在昨晚的節目中。所以，為什麼有人打開了羅馬競技場的水閘門，沒人能夠解釋。大量的水灌進來，宛如小型的潮汐，洶湧漫過整個競技場，也沖倒了毫無心理準備的角鬥士。幸好競技場的工作人員反應很快，立刻轉開排水裝置，化險為夷。他們也救了那些角鬥士，至少救了身穿沉重盔甲的人。要是水積得更深，那些傢伙絕對不可能把頭維持在水面上。

⑮世界摔角娛樂（World Wrestling Entertainment）是美國公司，在全世界舉辦充滿戲劇效果的職業摔角比賽。

羅馬競技場一團混亂，直到有一陣叫喊聲劃破了四周的吵雜。是執法官蕾娜。我想，她以前很令人敬畏（很可怕的那種），不過看著她挺立在逐漸消退的洪水上方，手裡握著帝國黃金匕首，紫色斗篷在風中翻飛，凶狠的戰士眼神讓一雙黑眼睛更顯深沉……我是要說，哇喔。真高興我不是站在接收她的憤怒那一邊。

總之，所有人都不在那一邊，昨晚不在。她要求知道是誰打開了水閘門，結果迎來一片死寂。最後，她別無選擇，只能把我們送回營房。今天一整天，她、法蘭克和各位分隊長忙著尋找肇事者，但是一無所獲。

這實在很嘔，因為發生了那麼多的怪事，焦躁的情緒在軍團中一觸即發，大家都對彼此投以懷疑的眼神。

第十七天

打靶練習

好吧，只是要問，到底發生什麼事啦?!

首先，集合的號角聲在黎明之前叫醒我們。所有人跌跌撞撞衝到外面，列隊站好，很像受過良好訓練的殭屍。接著，有人對我們展開射擊！不是因為有敵人對營區周圍的土牆發動攻擊，而是來自我們自己瞭望塔的十字弓！武器通常瞄準著營區外面。但我們踏著蹣跚的步伐就定位時，那些十字弓突然來個一百八十度大旋轉，然後「咻！咻！咻！」地直接就將十字弓箭射入營區。

可以用這種方法展開一天喔？不行啊！

我們大可以反擊，可是，一，沒有人操縱那些十字弓，所以沒有人可以作為反擊的目標；而且，二，號角大響時，只有經驗最豐富的軍團隊員才會想到要抓起自己的武器。好像事情還不夠混亂似的，這時驚慌失措的拉雷斯一直現出原形，想看看所有的騷動究竟是怎麼一回事，等他們看到所有的騷動究竟是怎麼一回事之後，又消失於無形。好勇敢啊，那些古代的紫色鬼魂。

哨兵終於把十字弓控制住，但裝填的箭早就已經射完了。感謝眾神，沒有人身受重傷，只有一些擦傷和瘀青，還有一個人扭到腳踝（又是我啦……大聲歡迎「笨手笨腳」克勞蒂亞重磅回歸）。我跛著腳，與其他受傷的人一起去醫務室，卻發現軍醫的神食和神飲存量快要消耗光了。所以，現在醫務人員正在加班製作更多的神食和神飲，

以及其他必備的物資。非常確定的是，這時拿乳酪刨絲器去削獨角獸的角，牠們的角會變得像牙籤一樣細吧。

法蘭克和蕾娜已取消我們平常的活動項目，他們要針對營區發生的所有大騷動展開徹底調查。而我自己也要進行小小的調查……進入馬爾斯復仇者神殿。

後來呢……

「執法官法蘭克下令關閉。」我在馬爾斯神殿的巨大鐵門上發現這樣的告示。我從來沒聽過有哪間神殿會禁止進入，但無論今天早上對我們射擊的人是誰，也許法蘭克不希望他們能取得馬爾斯的武器庫存。由於無法進入，我繞著外面走了一圈，想找到某扇窗子偷窺裡面的狀況。我就是這樣而發現伊隆。

在神殿的後方，他蜷縮身子窩在一堆垃圾裡，手裡緊抓的東西看起來很像熔岩燈，裡面裝滿了骯髒又黏膩的綠色東西。走近一點仔細看（不過沒有很近啦，因為我不想吵醒他，而且他依然很臭，感覺連奧林帕斯天神都聞得到），那個熔岩燈只是一只舊的玻璃汽水瓶，裡面的綠色東西看起來很像沼澤的浮渣。唔，好吃。

我不知道方恩有沒有獲准爬上神殿山。不過他整個人依偎著那堆垃圾，看起來也太可愛了，於是我讓他留在那裡，與他的瓶子獨處。

現在我回到自己的床鋪。自從破曉時分玩過「躲避飛箭」遊戲之後，我應該累壞了才對。但每一次閉上雙眼，腦袋就不斷描繪著那十一塊盾牌所排列的M字形。於是忍不住心想……數字「XII」到底在哪裡啊？

第十八天

可能還不是我最棒的點子

我是白痴！

原本的安喀勒盾只有可能在一個地方，就是普林斯匹亞啊！那是營區裡最安全的建築物。最優秀的執法官衛兵守護著總部的入口。過了他們那一關，你還得應付蕾娜那兩隻凶惡的金屬狗，更別提蕾娜本身了，她甚至更凶惡。法蘭克看起來相當理性，但話說回來，他可以變成獅子，或其他有利爪和尖牙的駭人動物。除此之外，執法官的桌子後方豎立著金色的巨鷹軍旗，傑妮絲對我說，它的眼睛會射出雷射光束。

所以基本上，我根本碰不到安喀勒盾。這完全沒關係！我沒有理由非看到它不可！只不過……對啦，我真的很想看到它。我想要確定它真的就在普林斯匹亞，安全又穩當。沒辦法偷溜進去裡面實在太可惜了。連快速偷窺一眼都不行。

除非你剛好知道有一道祕密梯子，從溝渠通往普林斯匹亞裡面，沒錯。而如果你是盜賊之神的後代……嗯，那應該會給你很大的優勢，能夠偷偷溜進總部，對吧？

後來呢……

噢，我的眾神哪。他們認為是我。法蘭克和蕾娜，他們認為我正是營區這些騷動背後的藏鏡人！

我躲在鐵閘門下方的梯子上，從那裡偷聽到他們說話。麥片、死老鼠、有缺陷的大便袋、故障的十字弓，甚至羅馬競技場的洪水……他們把這些事件像馬賽克磁磚一樣拼湊起來，浮現出一個圖像。

那個圖像就是「我」。

我吃麥片。我帶著死老鼠闖進普林斯匹亞。我和一袋大便一起飛走。我負責輪班站哨的時候消失不見，角鬥士競賽時又消失一次。在他們眼中，我和那些怪異事件之間的關聯性顯而易見。

他們說，那些問題發生的時間線也全都指向我。我來此之前，朱比特營運作得很順暢。我來之後就沒那麼順暢了。還有我那些怪異的行為。離開馬爾斯的神殿後，對著法蘭克笑得歇斯底里。躲在第四分隊的廁所裡。在筆記本裡塗寫東西。筆記本裡到底寫些什麼呢？列出未來要做的惡作劇嗎？如果是這樣，為了營區的安全，他們需要沒收筆記本。

接著，他們投下最後的震撼彈：我是摩丘力的後代，他是掌管騙子的天神。大家都知道觀察生會好好表現，以便得到他們天神祖先的關注。很有可能是這樣，甚至有充分證據顯示，我做了那麼多精心設計的危險惡作劇，是要贏得摩丘力的賜福。

到了這時，我的心怦怦跳得好大聲，實在不相信他們聽不見。我好想爬上梯子，從鐵閘門衝出去，告訴他們錯得離譜。告訴他們我好愛待在朱比特營，絕不會做出任何事情危及我在這裡的地位，或者危及稱呼這裡為家園的所有人。

但我不能這樣做。因為他們不可能相信我是無辜的。我的意思是，那還用說嗎，我才剛做了未經許可的事，從溝渠跋涉到祕密入口，以便偷窺營區總部的內部，尋找一件藏在這裡的神聖物品！而且，此刻我正在偷聽軍團最高權威長官的談話。如果真的嘗試衝進去，罪名不可能再更嚴重了。

蕾娜準備立刻傳喚我去元老院。但是法蘭克呢，眾神保佑他，他認為不要直接找我對質，說他們需要先有確切的證據，證明我是那些惡作劇背後的藏鏡人。蕾娜最後同意了，但我聽得出來，她顯得不太高興。

所以我現在窩在自己的床鋪上，努力忍住不要哭。因為整件事情好嘔喔，執法官居然懷疑我。而且我不能讓他們知道我所知道的事，這也超嘔的。

嗯，如果要贏得他們的信任，唯一的方法是證明我是無辜的。那就表示要揪出真正的罪犯。

蕾娜和法蘭克一直無法找出罪犯。但我掌握了他們所不知道的馬

賽克磁磚：那些神祕的訊息，以及我夢到那個不適應而逃跑的人。除非「ＭＶ」現身，或者安喀勒盾掉到我腿上，否則那些訊息至今還是死胡同。

但我心裡很清楚，該去找誰挖掘關於夢中那個女孩的資訊。

第十九天

如何用簡單六步驟召喚天神

每次幾乎所有天神都默不作聲時，你永遠可以請一位神祇現身，只要踏出那條線就行——波美利安界線，就是環繞新羅馬周圍的隱形邊界。

果不其然，我才剛把穿著涼鞋的一根腳趾伸出那條邊界，特米納士就砰的一聲冒出來。他的背後跟著那位雙臂健全的夥伴，是個可愛的小女孩，名叫茱莉亞，幫忙處理特米納士需要用到手臂的所有事情。當我告訴他，我只是想問他一些問題，並不是想跨越那條界線，只見他對我射來氣呼呼的眼神，然後就消失了。（茱莉亞跟著他一起消失。怎麼會那樣啊？這個謎團就是另一回事了。）

我不氣餒，後退一步，然後再往前踏出一步。

砰！特米納士和茱莉亞再度現身。他對我看了一眼，大吼「又是你？」，然後氣得吹鬍子瞪眼，消失了（茱莉亞也一起消失）。

我像是跳恰恰一樣，後退又前進。「我可以一整天都這樣跳喔。」

等到他第三次顯現出實體，我這樣說。

「好啦，」他嘀咕著說：「你想要談什麼事？」

「我老爸，」我回答，「還有遭到你禁止進入營區的那個小女孩。」

「你不讓一個小女孩進入營區？」茱莉亞看起來很傷心。「為什麼？」

「因為很多原因啦，」他哼了一聲說：「而且我不知道你的『老爸』是誰。」（茱莉亞伸出手指，幫他在空中做出引號的手勢。）

我告訴他，大約二十五年前，我爸爸是這裡的一位分隊長。由於這沒有喚起他的回憶，我提起淡金色的捲翹頭髮。他哼了一聲以示嘲笑。「那個男生變成你父親？我深表同情啊。」他瞇起眼睛。「你長得不像他。你長得像你母親。」

我的下巴掉下來。我的腦海浮現一百萬個疑問，像是：他怎麼會認識我母親？我父母是在這裡認識的嗎？我媽是半神半人或他們的後代還是怎樣？

不過在當時，我必須把焦點放在夢中的女孩身上。「你為什麼拒絕讓那個女孩進入營區？」

特米納士皺起鼻頭。「因為她聞起來像臭雞蛋。不是她的錯，我知道，考慮到她的天神父母是誰。不過還是……」他聳聳肩，顯得很

米特
士納

厭惡，然後消失了。

這一次，我沒有召喚他回來。我反而回到營房思考一番，把已經得知的事情寫下來。假如執法官沒收我的日記，他們會看到我只是想要幫上忙。

我目前得知的事情如下：那個女孩是半神半人，某位天神或女神的女兒，與臭雞蛋的氣味有關。她顯然帶著那種臭味到處跑，而且真的很臭，讓我爸、軍團隊員和風精靈紛紛走避。就連個性溫和的漢尼拔也受不了。女孩的父母不是奧林帕斯天神，因為他們沒有人負責掌管臭氣（雖然有人說茱諾[16]很臭）。

那麼就是小神了。我查閱我的《認識天神》課本，列出兩種可能

[16] 茱諾（Juno），羅馬神話中的天后，等同於希臘神話中的天后希拉。

性：一位是克羅阿西娜，她是掌管古羅馬時期「大下水道」的女神；另一位是梅費提斯，這位天神掌管地球散發的有毒煙霧。

營區這裡有兩位克羅阿西娜的孩子，而我從來沒聽過有人抱怨他們聞起來像是臭雞蛋或其他臭味。所以我的迪納里銀幣押在梅費提斯身上。

第二十天

哇，那好臭

問題：假設那位臭兮兮的半神半人是梅費提斯的女兒，那麼她離開朱比特營之後，會去哪裡呢？

答案：某個別人不會討厭她那種無法控制的體臭的地方。

我的夢境有一幕是這樣的，她輕輕推倒垃圾桶，這條線索指向一個地方：垃圾掩埋場。如果你希望掩蓋自己的臭味，不可能有什麼地方比那裡更好了。而且我不只認為她去過那裡……我認為她「還在」那裡。

她就是瞪了我和阿奇拉一眼的那位工作人員。她看穿「迷霧」，看到了我們，這點我很確定。那表示她是半神半人。可是，如果她在垃圾場工作，也住在那裡，又要怎麼引發這裡的種種問題呢？她不可能溜進營區，如果她還有特米納士所說的那種臭味就不可能。肯定有人會注意到。

也許營區裡有人是她的內應，雖然我不知道有誰會幫她。就我所知，她沒有太多東西能提供，除了回收物、垃圾，還有……

噢。噢，我的眾神哪，我真是大白痴。因為這裡有人會想要那類東西啊。他甚至誇口說要挑選垃圾。

伊隆。

後來呢……

這個訊息要給之前留下紙條給我的人：「Ego inveni MV.」翻譯：「我找到ＭＶ了。」

但不是伊隆。等我回到馬爾斯的神殿去找他，他不見了。不過他的垃圾小窩還在那裡。裝著沼澤浮渣的玻璃瓶埋在底下。只不過那並非沼澤浮渣，那是沼澤氣體。

混合著馬穆里耶斯．維托里亞斯的鬼魂。

我打開瓶子，氣味從瓶子裡傳出來……哎喲眾神哪。可憐的馬穆里耶斯，他搖搖晃晃飄出來時，呈現膽汁那樣的綠色調。幸好等到再度置身於新鮮空氣裡，他就恢復成正常的灰白色和無臭無味的狀態。他也恢復了鬼魂的力氣。接著，他告訴我以下的故事：

「三個星期前，我在鐵工廠附近飄來飄去，有個年輕的方恩，就是伊隆，跑上前來找我。其實呢，是跑上前來『穿過我』，我可不喜歡那樣。『執法官法蘭克要找你！』他急急忙忙用羊咩聲說道：『說立刻去馬爾斯復仇者神殿找他！快點！』

「我們到達神殿時，到處都沒看到法蘭克。我滿心疑惑，轉身要質問那位方恩。突然間，一陣有毒的煙霧害我倒下。等我醒過來，發現自己和同樣的煙霧困在那個瓶子裡。那些煙霧耗盡我的元氣，讓我變得軟弱無力，無法逃走。

「方恩答應要放我出去。但我必須從神殿天花板上裝設的那十二塊盾牌，指認出原本的安喀勒盾。

「我拒絕。如果那塊盾牌落入錯誤的人手中，我知道會發生什麼事。我寧可永遠受困在這個臭瓶子裡，也不要讓古羅馬最後的軍事據點為之覆滅。」他那霧濛濛的肩膀垮了下去。「唉，我的拒絕只是讓

最後的結局延後發生而已。」

他的故事在這裡結束了，接著他點個頭，很感激我救了他，然後就消失了。我等一下會去查看鐵工廠，確定他真的安全無恙，與他的兄弟布萊斯在一起。我也準備沿路走下神殿山。接著，我原路折返，回到海神的祭壇（你會想，海神是十二大神之一耶，怎麼只有這種可憐兮兮的藍色工具棚啊？），那上面有個碗，裡面有綠綠的水，上面漂著浮渣，我拿來裝滿伊隆的瓶子。我把瓶子放回垃圾窩裡原本找到的地方。希望看起來很像馬穆里耶斯的有毒鬼魂，好騙過伊隆。

因為假如他發現有人知道他做的好事，朱比特營肯定會自我毀滅。

根據馬穆里耶斯述說的故事，神殿的天花板上應該會有十二塊盾牌，就是「XII」。但我來營區的第二天，跑去看天神的小神壇時，那裡就只有十一塊盾牌。再加上馬穆里耶斯所講的結局，我得到這樣的結論：我猜錯了，原本的安喀勒盾沒有在普林斯匹亞，而是曾經與其他的盾一起掛在馬爾斯的神殿裡。

要強調是「曾經」。

所以，即使馬穆里耶斯不肯幫忙，伊隆仍舊以某種方式找出了原本的安喀勒盾。也許是透過試誤法，偷偷把它們拿出營區，一次拿一個，等等看有沒有發生什麼事，如果沒出事，就繼續試下一個。

直到最後……麥片。或者引用廁所裡說話的聲音：「使命達成。」

嗯，現在有一項新的使命，稱為「重獲安喀勒盾」。對啦，好爛的名稱，不過直到我想出新的之前，這會是我所能想到最好的名稱。反正名稱根本就不重要。

達成使命才重要。

第二十一天

任務，三人一組？

嗯哼，布萊斯愛上我了。哈！開玩笑的啦。不過他發誓要幫我達成我的使命……我的「任務」，他說應該要這樣稱呼，因為馬穆里耶斯把整件事都告訴他了，說我怎麼把他從玻璃瓶裡救出來。

說實在的，擁有這位鑄造技術超強的半神半人盟友，剛好適合我要取回安喀勒盾的計畫。擁有傑妮絲這位姊妹淘也一樣。

昨天深夜，我終於對她吐露祕密。她沒有很驚訝，反而像是早就準備好要幫忙拯救營區一樣。還有新羅馬，她指出，因為如果朱比特營和第十二軍團垮了，那個城市也撐不了多久。我還沒想過這件事，不過到了那時候，我爸在郊區很安全，她媽媽可就不安全了。

我們只有一件事意見不合，就是要不要把我們已經發現的事情告知兩位執法官。經過一番熱烈辯論（我們在鐵工廠裡開會，因為馬穆里耶斯想要參與計畫，而他拒絕離開那個工作場所），我說服他們，應該先不要去找法蘭克和蕾娜，等到把我擬定計畫的所有部分都拼湊完成再說。那樣一來，我們可以向他們提出眼前的問題，同時提出解決方案。布萊斯大聲質疑，我的計畫會不會成功都還不知道；我則指出，計畫包含了祕密行動和設置陷阱，而兩方面都是我的專長，所以一定會成功。

達成協議。午餐過後開始進行。

午餐過後……

嗯哼，我愛上布萊斯了。哈！開玩笑的啦。不過看到他那麼快就打造出我所設計的雙盾牌垃圾桶，真是佩服得五體投地。那是根據「傑納斯策略」，就是傑妮絲在「絕命球比賽」那時想出來的。我只是增加了鉸鏈，將兩塊盾牌的一側連接起來，也在內側加上鎖扣，把它們固定在一起。每當背靠背地到處移動時，兩塊盾牌比較容易保持在原來的位置。

除了傑納斯桶，我還從軍械室裡拿來（好啦，是偷來）兩袋絕命球、一張網鬥士的網子，還有圈套鬥士的套索。我跑上羅馬競技場的看台，把我第一次武器練習扔上去的古羅馬飛鏢取回來，與其他裝備一起放進堆肥大便袋。而到了最後，我、傑妮絲和布萊斯終於想辦法把龐畢羅的烘焙香氣裝進瓶子裡。（我想，我應該要感謝伊隆，他證明了那種方法有可能捕捉氣味。我會感謝他啦……等我用飛鏢把他釘到牆上之後。）

我今天晚上輪班站哨，所以晚餐過後，我會在走去瞭望塔的路上把袋子藏在鳥舍裡。

晚餐過後……

嗯哼，伊隆愛上梅費提斯那位氣味強烈的女兒了。哈！開玩笑的啦。不過他真的很怕咪咪……那位半神半人的名字叫咪咪。我得知所有這些事實，是因為偷聽到他們在廁所裡的對話。我猜想，她其實沒有真正出現在那裡，而是以某種方式透過洗手間說話，例如利用廁所裡累積的有毒煙霧，或者之類的東西。這樣想真是美好啊……

無論如何，把裝備袋藏進鳥舍後，我出發去輪班站哨。我不希望上次的膀胱問題又重蹈覆轍，於是轉而去洗手間，很快地上個廁所。

裡面再度有同樣的聲音在喃喃說話。我躲在一棵樹後面，聆聽他們在廁所裡面輕鬆聊天。而聽到的內容害我忍得快要內傷了。

到了後天，按照工作排程，咪咪會獨自在垃圾場的車輛壓碎機那邊工作。她準備帶著安喀勒盾……用那部機器把它徹底摧毀。

聽到這個消息，我不是唯一驚慌失措的人。我想，伊隆也會以粗啞的聲音咩咩驚叫。理由很充分。他是源自古羅馬時代的神話生物。如果古羅馬就此消失而不復存在，嗯，我猜他和所有的方恩也有同樣的下場。他決定與咪咪攜手合作時，不確定有沒有好好想過這種下場。事實上，其他物種也會消失，像是親切和善的犬頭人、鬧哄哄的半人馬、水精靈和木精靈，還有……老天爺！龐畢羅，那位雙頭的烘焙師傅！不行啊啊啊啊啊！

流動廁所
使用中
SPQR

古羅馬一旦消失，可能不是神話生物也消失就結束了。沒有古羅馬持續不斷的靈氣支持著天神和女神，他們也有可能漸漸消逝。奧林帕斯天神或許沒事……無論遭遇什麼困境，那群天神似乎都活得好好的。我擔心的是小神。傑妮絲說，現今世界的記憶已經遺忘了一些小神，讓他們岌岌可危。一如以往，災難襲擊時，受害最深的都是力量微薄、遭到剝奪的人。

那就決定了。我們一定會成功奪回安喀勒盾，如果這是最後能做的事！我們一定辦得到，我們可以辦得到，我們絕對會辦到！

第二十二天

不。要。那。麼。快。

噢，眾神哪。我陷入最深最深的大麻煩。就像，一路墜落到塔耳塔洛斯⓱那麼深的地方。

昨天晚上離開廁所時，我的腦袋天旋地轉。我體內的每一條神經都尖叫著說：「想想辦法啊！」所以我找到（又稱哄騙）某人幫忙代班站崗，然後回到鳥舍。我有什麼構想呢？與阿奇拉飛到垃圾場上

⓱ 塔耳塔洛斯（Tartarus），希臘神話中的冥界最深處，是永無止盡的黑暗之地。

空，進行一趟偵察任務。特別是飛向汽車壓碎機，我要在那裡找到方法關閉機器，或者把機器炸掉……好吧，不是炸掉，但至少讓那部機器有幾天的時間無法運作，幫助我和傑妮絲、布萊斯爭取一點時間，擬定我們的計畫。

我溜進巨鷹的圍籬時，阿奇拉正在牠的樹梢棲息處打瞌睡。我試著對牠扔擲小石頭，想要吵醒牠，不過就像武器練習課那樣，示範投擲古羅馬飛鏢的結果很淒慘，我的手臂狀況和準頭都不是很好。於是我開始爬樹。往上爬到一半的時候，我聽到一個聲音，害我渾身冷到骨子裡。

「不。要。那。麼。快。」

是蕾娜。我後來得知，自從吃過晚餐後，她就一直跟蹤我，暗中觀察，等著要逮到我做出不該做的事。就像擅自離開站哨的勤務，而且爬上一棵樹，準備偷偷找巨鷹去兜風。

我慢慢爬下樹，滿心以為一到達地面，執法官的衛兵就會立刻對我上手銬。但蕾娜獨自一人。獨自一人，而且非常生氣。

「觀察生，好好解釋一下。你也知道，如果我覺得聽到的事情很不妥，我會把你綁上鐵鍊，拖到元老院前面去。」

我不知道自己吃了什麼熊心豹子膽，真的不知道。但在當下那刻，我沒有把完整的實情告訴她，反而說：「不要在這裡說，到總部再說。只有你、我、執法官法蘭克。」我用力吞嚥口水。

「還有你的兩隻狗。」

她眨眨眼，顯得很驚訝。歐倫和亞堅頓有個特殊才能，牠們能夠察覺到有人說謊。（牠們的另一項特殊才能是吃豆豆軟糖。）假如謊言偵測器警鈴大作，牠們就會對說謊的人發動攻擊。所以基本上，就算我只撒了小小的謊，都會變成死亡觀察生。

蕾娜同意了，命令我乖乖待在自己的床位，等她去找法蘭克。找到他之後，她就會叫我過去，然後聽我述說。拜託眾神保佑我口才無礙、誠實坦率。

要是不行……曾祖父啊，如果你聽見我的心聲，請把以下訊息傳遞給我老爸，好嗎？「我愛你。而且我努力過了。」

SPQR

第二十三天

去見兩隻狗

我還活著！嗯，顯然是喔。

要把安喀勒盾、伊隆、咪咪和那些訊息的事情告訴兩位執法官並不容易，更別提還有兩隻狗以飢渴的眼神盯著我，只見蕾娜的嘴唇抿得愈來愈緊，而法蘭克看起來很尷尬，喃喃說著：「我從沒注意過老爸神殿的那些盾牌。也沒聽過安喀勒盾的傳說。」但是呢，我過關了。我以為成功在望，接著，法蘭克從書桌那端傾身過來，問了一個問題：「有其他人知道這件事嗎？」

我嚇死了，喉嚨緊緊鎖住。沒道理把傑妮絲和布萊斯扯進來啊。或者，就這點來說，馬穆里耶斯也是。把伊隆拖下戰車、出賣了他，我已經覺得很糟糕了。我是說，沒錯，方恩有個很討人厭的習慣，老愛用第三人稱稱呼自己，而且他熱愛垃圾，也害我們瀕臨毀滅的邊緣。不過撇開這些事，他其實只是個滿心害怕的孩子，喜歡把汽水罐的拉環串起來當做項鍊而已。

就在我遲疑之際，法蘭克又重複一次他的問題。於是我得做出抉擇：把兩位朋友拖下水、捲進這團混亂裡，不然就是說謊而死。

是蕾娜救了我。就連寫著這些文字時，我還是不敢相信。不過她真的救了我。她舉起一隻手，示意要我別說話，接著大喊：「帶他們進來！」

執法官的衛兵帶著傑妮絲和布萊斯走進來。馬穆里耶斯飄蕩在他們後面。法蘭克解釋說，這三位一聽說我得乖乖待在床位，就立刻跑去找他。（那種事顯然很快就傳出去了。）我到這裡之前，他們已經把所知的事情全部告訴他。他們也大概描述了我提出的計畫，要怎麼對付咪咪，以及把安喀勒盾拿回來。

法蘭克說話時，蕾娜仔細端詳著我。等他說完之後，她繼續端詳著我。接著，讓我大吃一驚的是，她面露微笑。「克勞蒂亞，你對朋友忠心耿耿，這一點很值得嘉許。你的直率和誠實也是，雖然來得有點晚。」

她往後坐，雙手指尖相抵。「那好吧。有關於你對付咪咪的計畫……我有個地方做了變更。」她對法蘭克點點頭。「為了不讓阿奇拉遭遇危險，法蘭克會載你和你的裝備飛去垃圾場。同意嗎？」

聽說要搭乘「執法官航空」，當下並不覺得是個超級吸引人的點子，現在也不覺得……但我沒有立場提出反駁，她也沒有想要辯論的意思。「同意。」

於是，現在我又回到自己的床位。軍團的夥伴們低聲談論我，他們還是認為我惹上麻煩。但我只是等待夜幕降臨，暗自祈禱計畫的第一部分順利展開。

因為我們只有一次機會能夠完成這件事。假如失敗了，安咯勒盾就會成為歷史……同樣成為歷史的還有朱比特營、新羅馬，以及大大小小所有的古羅馬生物。然而，如果成功了，我們會衝進去、衝出來，然後及時回來吃早餐。

為了第十二軍團著想，我希望早餐不是麥片。

第二十四天

炸裂的大便袋和噴霧瓶，有人要嗎？

好的。以下是昨天「理論上」的發展：

巨鷹法蘭克要運送一個沒裝大便的堆肥垃圾袋，裡面裝滿了絕命球、傑納斯桶、網鬥士的網子和圈套鬥士的套索，飛往垃圾場。

實際上的發展則是：

巨鷹法蘭克緊急降落，他本來以為自己運送的是沒裝大便的堆肥垃圾袋，裡面裝滿了前面提及的物品，然而超衝擊的是，發現裡面裝的根本是大便。外加單獨一顆絕命球，關於這個，漢尼拔的訓練師猜想那是漢尼拔不小心吞下去的。超噁。

法蘭克前往醫務室，修理斷掉的翅膀，呃，是手臂啦，同時我、布萊斯和傑妮絲將原本的構想整個作廢，臨時即興發揮。在夜色的掩護下，加上龐畢羅咖啡店香氣噴霧瓶的加持，我們使勁拖著那些絕命球、傑納斯桶和其他武器，走過祕密地道，翻過山丘，越過樹林，前往垃圾場。（沒有人想到要告訴我們，蕾娜其實有一輛貨車。我們也沒有人會開車就是了……不過還是講一下嘛。）我一直很怕健行，因為知道其他人會看著我，說我是旅行之神的後代，要負責指引正確的方向；坦白說，自從上次在溝渠裡漫無目的地遊蕩之後，我不確定自己真能勝任這樣的任務。

幸好，我們這趟旅程有一位意想不到的嚮導：伊隆。

馬穆里耶斯一離開總部就跟蹤那位方恩。他答應／威脅伊隆，如果不幫我們，那未來的生活就會變成活生生的「冥界」。伊隆當然很樂意助我們一「蹄」之力嘍，畢竟那意謂著阻止咪咪。他也知道路怎麼走，因為他一天到晚來回垃圾場，去那裡大啖垃圾大餐。我們一邊前進，一邊說服他不要再用第三人稱講他自己，這就當做是額外的紅利吧。雙贏！

到達垃圾場邊緣時，我們換上喬裝的行頭，即硬帽子和亮黃色的安全背心。如果有人提出質疑，我們就說自己是夜班的工作人員；其實根本不知道垃圾場有沒有夜班，但倉促之間，這是所能想到的最佳答案了。我們派伊隆回去營區，傳達訊息給兩位執法官，並給他一瓶多出來的龐畢羅的香氣。我回過頭，看到他吸得很高興。接著，我們爬過堆積如山的溼答答黏糊糊垃圾，前往咪咪的拖車。

有史以來。最糟的。健行。

我們到達拖車，沒遇到什麼意外事件。我們盡可能快速又安靜的行動，著手設置陷阱，把附有重錘的網子掛在門口上方，再將一堆絕命球放在台階上。我們在樓梯外的垃圾堆挖出一條溝，並用回收物在那上方搭起一道拱門。等到傑妮絲把套索固定在拱心石上，我們也各就各位，傑妮絲和布萊斯拿著繩索擠進「傑納斯桶」的防護盾內，我則爬到網子上方的拖車屋頂。

我對布萊斯點個頭，表示「展開行動」。他對拖車門扔出一塊石頭，然後很快蹲下，躲回桶子裡。

我屏住呼吸。過了一陣子。接著拖車內亮起燈光。門打開了。一名女子現身。一名女子，外加最最難以置信的驚人惡臭，像是放置很久的牛奶盒，混合著整件運動服浸透了臭鼬噴液的腐臭味。

各位女士先生，咪咪離開拖車屋了。

準備展開行動。我放出網子。網子掉在咪咪的頭上，裹住她全身，看起來很像二手的耶誕樹。她使勁嘶吼，腳步踉蹌地踩上階梯。她的腳踩到絕命球，只見她滑了一下摔倒了，整個人直直趴進垃圾溝裡。傑妮絲猛力拉動繩索。拱心石鬆動了，拱門和周圍堆積的所有垃圾像一道壯觀的瀑布，全都掉到咪咪身上。

我從屋頂甩動身子，從打開的門口跳進拖車。我扯開各個櫥櫃，探看床底下。一無所獲。我拉開一個個抽屜，查看淋浴間。還是沒有。我急得團團轉，瘋狂尋找安喀勒盾或相關的任何一樣東西，只要能指出它的下落都好。

我差點就漏掉了。平躺在腰部高度，上面蓋著一塊長長的紫布，看起來很像是一塊鐵板。不過等我拉開那塊布，它就在那裡。失蹤的盾牌。

我把它拿起來，小心翼翼地，然後跑到外面，發現傑妮絲和布萊斯正拿著龐畢羅咖啡店香氣瓶，瘋狂噴灑著一堆移動的垃圾。那種令人垂涎欲滴的香氣，能讓她有一陣子無法振作起來靠近我們。阿奇拉、法蘭克和另一隻巨鷹向下俯衝，用他們的利爪抓住我們，帶我們飛進月光。

朱比特營從來不曾顯得這麼燦爛美好。而洗澡呢……喔。那是真正的天堂。

第二十五天

完結篇（開玩笑的啦！）

關於那些祕密，我想了很多。我和我的那些訊息與夢境。真正的那一塊安喀勒盾。伊隆與咪咪之間有趣但奇怪的關係。如果大家開誠布公，早點把各自知道的事情分享出來，我們的情況還會這麼失控嗎？也許吧。

但最重要的是，我一直想著今天才得知的一個新祕密。

我人在新羅馬，準備去圖書館，那裡即將鋪設一塊似新卻舊的鋪路石。鋪路石上面刻的名字是什麼呢？馬穆里耶斯．維托里亞斯。他活著的時代，沒有人認為他是英雄，但在我們這個時代，他肯定幫忙化險為夷。

典禮之前，我在街上閒晃，殺點時間。傑妮絲本來提議要跟我一起去。布萊斯也是……他支支吾吾說出口時，臉色變得像鐵工廠的火焰一樣紅，讓我不禁懷疑他是不是終究真的愛上我了。這個嘛。現在朱比特營安全了，有很多時間可以搞清楚。

我對他們說了謝謝。但還是不用了，這一次，我想要自己好好探訪新羅馬。專心體驗各種景象、聲響，還有對啦，各種氣味，完全不要分心。想像我父親走在同樣的卵石街道上。我沒有事先想好路徑，任憑雙腳帶我前往他們想去的地方。

它們帶我到一個我從沒去過的地方，但是感覺就像自己的手背一樣熟悉。有一扇門隱藏在小巷子裡，通往一棟大小適中的房屋。沒有什麼不尋常的地方，看起來就像那條街上所有其他地大門一樣。

只不過大門是打開的。而且有位女士倚著門框，頂著一頭大波浪黑髮。就像我的一樣。一雙黑眼睛。就像我的一樣。大大的鼻子。就像我的一樣。她的一隻手移動到腹部，停在那裡。接著她對我微笑。

「哈囉，克勞蒂亞。」她的聲音輕柔又高亢，只是感覺有點尖銳。

我當場呆立不動，說不出話。接著我清清喉嚨。「媽－媽咪？」

她笑開了。她離開門框，朝我走過來。用她的雙手牽起我的手。

「我名叫卡爾迪亞……或是卡迪，對你和你父親而言。」

「掌管門檻和鉸鏈的女神。」我喃喃說著。（謝啦，「認識天神」課程！）

她點頭。「我獲准以這種形式跟你接觸，因為你拯救了我們的世界。如果沒有你和你的朋友們……嗯，我們這些『小神』（茱莉亞一

定會稱讚我媽在空中比劃『引號』的技巧很厲害）可能就不會在這裡了。」

「『以這種形式』，」我複述一次。「意思是說……你曾經用其他方式跟我接觸？」我在心裡對自己打臉一下。「那些訊息。那是你留下的，不是曾祖父？」

她上下擺動自己的手，做著「也許是／也許不是」的手勢。「是的，我寫了那些字條。不過我沒辦法傳遞，沒有他的協助就不行。」

我點點頭表示理解，想起萊拉曾說起最近在通訊方面的問題。可是……「如果你知道是怎麼一回事，就是安喀勒盾和所有的事，為什麼你或其他天神不能插手阻止咪咪呢？」

她的甜美臉龐蒙上一層陰影。「因為很多原因。」她輕聲說。

（蕾娜後來對我說，天神和女神不喜歡其他神祇插手他們孩子的事情，把情況搞得一團亂。當然啦，不要一天到晚阻止孩子們，讓他們自己處理事情。至少我媽幫了她可以幫忙的部分。）

這時，卡爾迪亞的外形開始搖曳閃爍。「我待在這裡的時間快要到了。快點，伸出你的手臂。」我按照她的要求。「這應該要到廣場上，在元老院和軍團面前進行，但他們現在有點忙，所以……」她以滿懷歉意的眼神迎上我的目光。「眼睛閉上。這會痛喔。」

真的很痛。事實上呢，非常痛。燒灼的痛楚，很像摸到火燙的爐子，不過比那樣痛了十億倍。但是很快就結束了。等我睜開眼睛，才看到是什麼狀況造成燒灼的感覺。我的前臂現在有四個刺青：鉸鏈、摩丘力的手杖、單獨一條V形紋章，還有「SPQR」四個字母。

媽媽以手指撫過那些圖案，她的碰觸輕如羽毛，要不是看著她的手，我幾乎感覺不到。接著，她的形影消失了，只剩我一人，伴著耳中她的輕柔呢喃。「Senatus Populusque Romanus!」

我向天空行禮。「媽媽，SPQR！古羅馬帝國政府萬歲！」

閱讀雷克・萊爾頓

朱比特營地圖
&
混血人關係圖

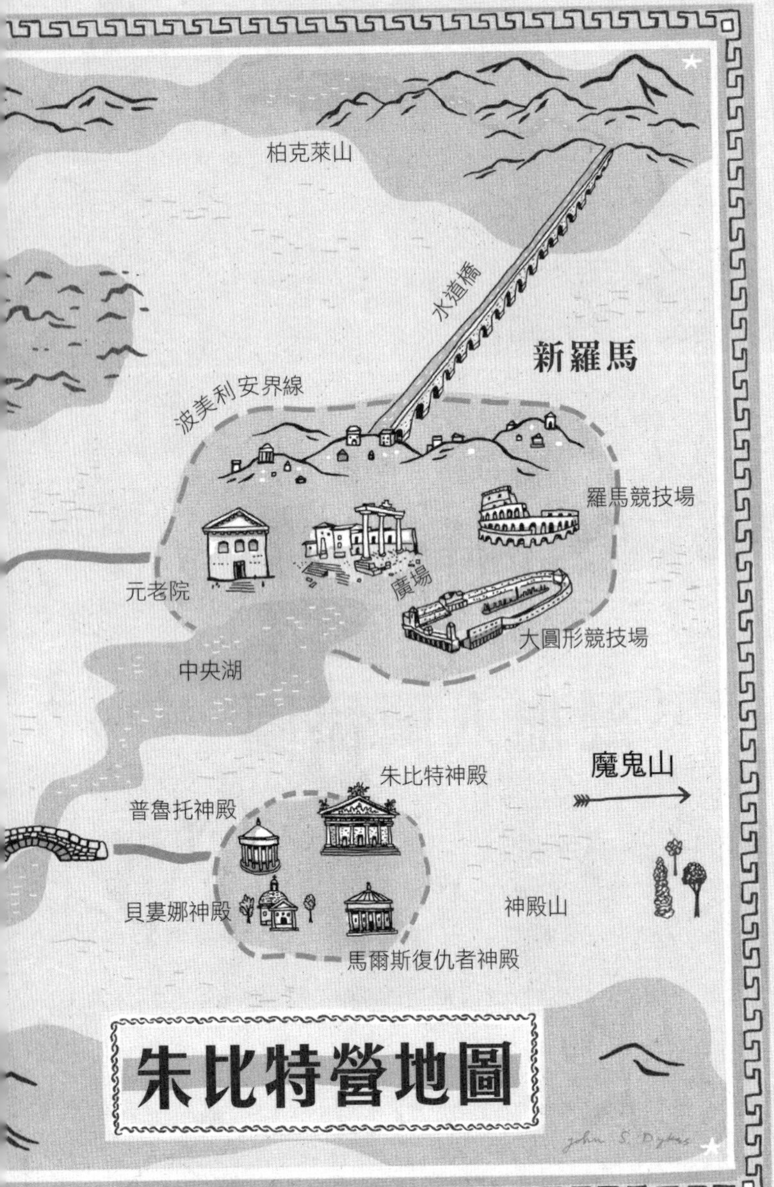
柏克萊山
水道橋
新羅馬
波美利安界線
羅馬競技場
元老院
廣場
大圓形競技場
中央湖
朱比特神殿
魔鬼山
普魯托神殿
貝婁娜神殿
神殿山
馬爾斯復仇者神殿
朱比特營地圖
John S. Dykes

柏克萊
馬爾斯競賽
普林斯巴里大道
大浴場
後閘門
主閘門
凱迪克隧道
普林斯匹亞（總部）
餐廳
軍營
普勒托利亞大
第五分隊
N
W
E
S
小台伯河
奧克蘭山

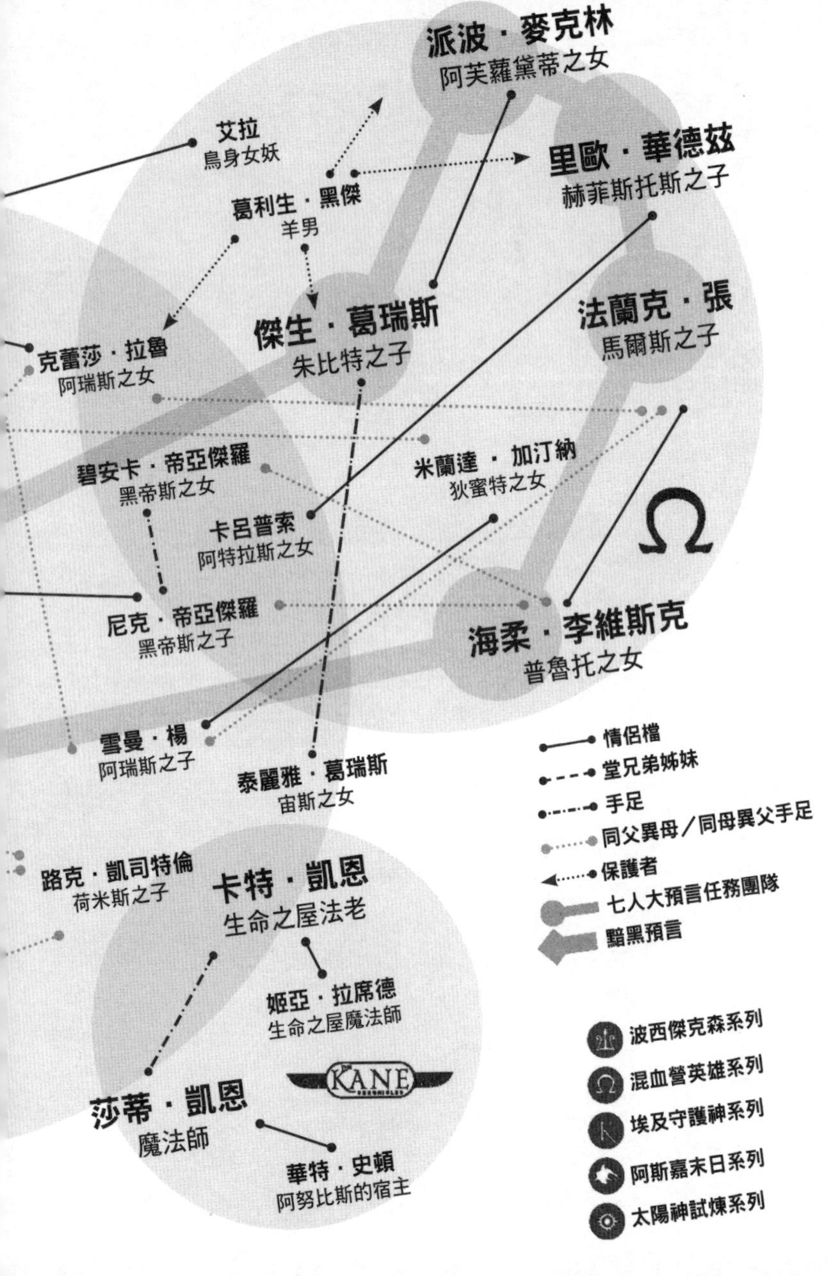
派波・麥克林
阿芙蘿黛蒂之女
艾拉
鳥身女妖
里歐・華德茲
赫菲斯托斯之子
葛利生・黑傑
羊男
法蘭克・張
馬爾斯之子
傑生・葛瑞斯
朱比特之子
克蕾莎・拉魯
阿瑞斯之女
米蘭達・加汀納
狄蜜特之女
碧安卡・帝亞傑羅
黑帝斯之女
卡呂普索
阿特拉斯之女
尼克・帝亞傑羅
黑帝斯之子
海柔・李維斯克
普魯托之女
雪曼・楊
阿瑞斯之子
泰麗雅・葛瑞斯
宙斯之女
路克・凱司特倫
荷米斯之子
卡特・凱恩
生命之屋法老
姬亞・拉席德
生命之屋魔法師
KANE
莎蒂・凱恩
魔法師
華特・史頓
阿努比斯的宿主
情侶檔
堂兄弟姊妹
手足
同父異母／同母異父手足
保護者
七人大預言任務團隊
黯黑預言
波西傑克森系列
混血營英雄系列
埃及守護神系列
阿斯嘉末日系列
太陽神試煉系列

混血人關係圖

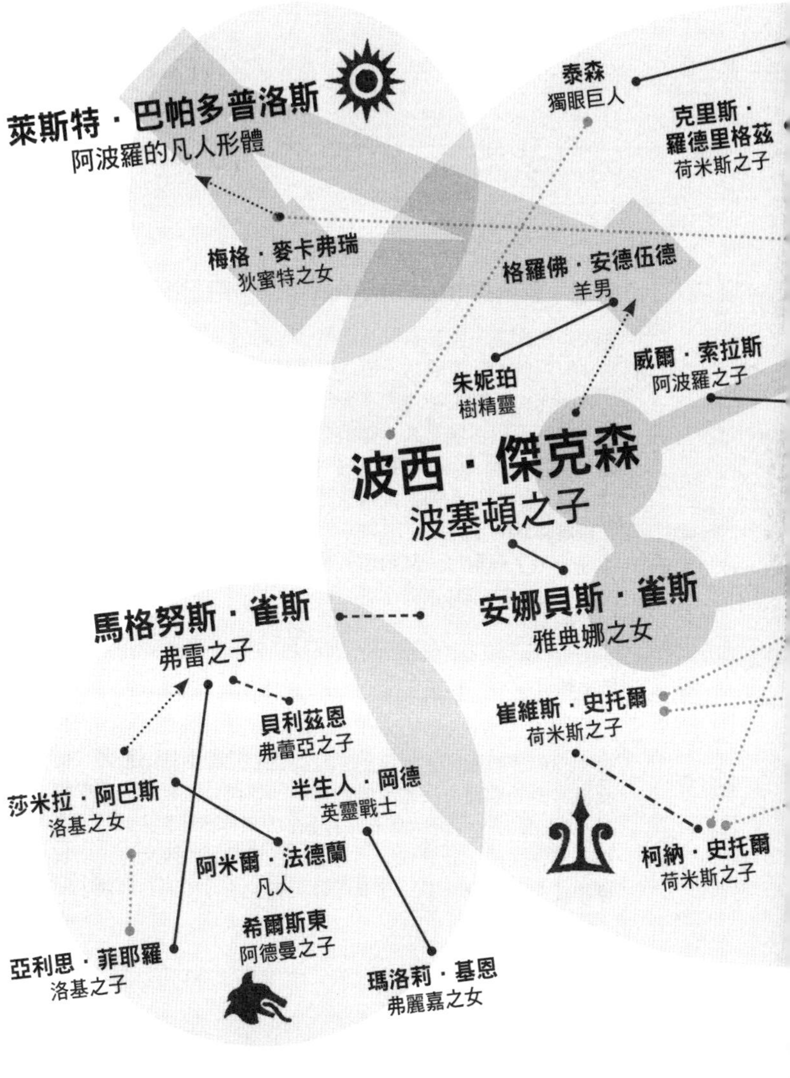
萊斯特·巴帕多普洛斯
阿波羅的凡人形體
梅格·麥卡弗瑞
狄蜜特之女
泰森
獨眼巨人
克里斯·羅德里格茲
荷米斯之子
格羅佛·安德伍德
羊男
朱妮珀
樹精靈
威爾·索拉斯
阿波羅之子
波西·傑克森
波塞頓之子
安娜貝斯·雀斯
雅典娜之女
馬格努斯·雀斯
弗雷之子
貝利茲恩
弗蕾亞之子
崔維斯·史托爾
荷米斯之子
莎米拉·阿巴斯
洛基之女
半生人·岡德
英靈戰士
阿米爾·法德蘭
凡人
柯納·史托爾
荷米斯之子
希爾斯東
阿德曼之子
亞利思·菲耶羅
洛基之子
瑪洛莉·基恩
弗麗嘉之女

作者簡介

雷克・萊爾頓 (Rick Riordan)

美國知名作家，最著名作品爲風靡全球的【波西傑克森】系列。因爲此系列的成功，使他成爲新一代奇幻小說大師。在完成波西與希臘天神的故事後，萊爾頓緊接著的【埃及守護神】系列改以古埃及的神靈與文化爲背景，還有以北歐神話爲背景創作的【阿斯嘉末日】系列。而【混血營英雄】與【太陽神試煉】系列則接續了【波西傑克森】的故事，並加入羅馬神話的元素。
想進一步了解雷克・萊爾頓的相關訊息，請參見他的個人網站：www.rickriordan.com

譯者簡介

王心瑩

夜行性鴟鴞科動物，出沒於黑暗的電影院與山林田野間，偏食富含科學知識與文化厚度的書本。譯作有《我們叫它粉靈豆—Frindle》、【阿斯嘉末日】與【太陽神試煉】系列等，合譯有《你保重，我愛你》、《上場！林書豪的躍起》，並曾參與【波西傑克森】、【混血營英雄】、【太陽神試煉】等系列書籍之翻譯。

太陽神試煉

混血新兵事件簿

文 / 雷克・萊爾頓（Rick Riordan）
譯 / 王心瑩

主編 / 陳懿文　編輯協力 / 林妤馨
封面繪圖設計 / 唐壽南　內頁設計排版 / 連紫吟、曹任華
行銷企劃 / 鍾曼靈　出版一部總編輯暨總監 / 王明雪

發行人 / 王榮文
出版發行 / 遠流出版事業股份有限公司　104005 台北市中山北路一段11號13樓
電話：(02)2571-0297　傳真：(02)2571-0197　郵撥：0189456-1
著作權顧問 / 蕭雄淋律師
輸出印刷 / 中原造像股份有限公司
□ 2021年8月1日 初版一刷

定價 / 新台幣299元 (缺頁或破損的書，請寄回更換)

ISBN 978-957-32-9216-6
遠流博識網 http://www.ylib.com　E-mail:ylib@ylib.com
遠流雷克萊爾頓奇幻櫃 http://www.facebook.com/thekanefans

TRIALS OF APOLLO CAMP JUPITER CLASSIFIED: A Probatio's Journal

國家圖書館出版品預行編目（CIP）資料

太陽神試煉 : 混血新兵事件簿 / 雷克.萊爾頓(Rick Riordan)著；王心瑩譯. -- 初版. -- 臺北市：遠流出版事業股份有限公司, 2021.08

面； 公分

譯自：The trials of apollo : camp Jupiter classified: a probatio's journal

ISBN 978-957-32-9216-6（精裝）

874.57 110010974